超级故事大王
CHAOJI GUSHI
DAWANG

聪明的农家女

CONGMING DE NONGJIANV

知识达人 编著

成都地图出版社

图书在版编目（CIP）数据

聪明的农家女 / 知识达人编著 . — 成都 : 成都地
图出版社 , 2017.1（2021.7 重印）
（超级故事大王）
ISBN 978-7-5557-0501-7

Ⅰ . ①聪… Ⅱ . ①知… Ⅲ . ①童话—作品集—世界
Ⅳ . ① I18

中国版本图书馆 CIP 数据核字 (2016) 第 224786 号

超级故事大王——聪明的农家女

责任编辑：	张忠
封面设计：	纸上魔方

出版发行：成都地图出版社

地　　址：成都市龙泉驿区建设路 2 号

邮政编码：610100

电　　话：028 - 84884826（营销部）

传　　真：028 - 84884820

印　　刷：固安县云鼎印刷有限公司

（如发现印装质量问题，影响阅读，请与印刷厂商联系调换）

开　　本：710mm×1000mm　1/16

印　　张：8　　　　　　　　字　数：160 千字

版　　次：2017 年 1 月第 1 版　　印　次：2021 年 7 月第 4 次印刷

书　　号：ISBN 978-7-5557-0501-7

定　　价：38.00 元

目录

聪明的农家女	1
三公主	8
童话公主	13
提提娜公主	18
贫穷又富有的姑娘	23
苹果公主	28
玩具公主	30
公主与魔书	37
芭芭拉公主	40
园丁和主人	44
癞蛤蟆	49
铜猪	55

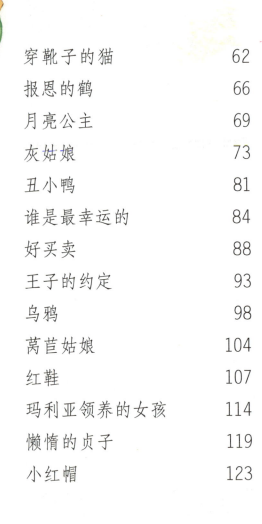

穿靴子的猫　　　　　62

报恩的鹤　　　　　　66

月亮公主　　　　　　69

灰姑娘　　　　　　　73

丑小鸭　　　　　　　81

谁是最幸运的　　　　84

好买卖　　　　　　　88

王子的约定　　　　　93

乌鸦　　　　　　　　98

莴苣姑娘　　　　　　104

红鞋　　　　　　　　107

玛利亚领养的女孩　　114

懒惰的贞子　　　　　119

小红帽　　　　　　　123

聪明的农家女

从前有一个贫穷的农民。他没有农田可耕，只有一所小房子和一个女儿。国王得知他们的贫穷状况后，便送给他们一块土地。父女俩翻耕荒地，想在地里种些谷物之类的东西。当他们快翻完整块地的时候，在土里发现了一个纯金的臼。

"把这个金臼献给国王，以报答他的恩赐。"父亲说。

可是女儿却不同意这样做，她说："爸爸，要是我们只有臼而没有杵，那肯定要找到杵才行。所以您还是先别声张。"但父亲不听她的，拿着臼就去见国王了，说他在翻地时发现了这个臼，并希望国王接受这个礼物。

国王看到金臼便问农民，有没有发现其他的东西。"没

有。"农民回答说。

国王不信，十分怀疑地问农民："有臼怎么会没有杵？"农民解释说他们没有发现杵，但他的话只被国王当成了耳旁风，结果农民被关进监狱。

被关进牢房里的农民每天都不停地大声说："唉！我要是听了女儿的话就好了。"国王从送牢饭的狱卒那里听到这个消息，就命狱卒去把农民带来。

国王问农民："你的女儿究竟说了什么？"

农民十分懊悔地说："女儿说我不该把那金臼送来，因为您一定会要我把杵也交出来。"

国王一听农民的女儿如此聪明，就决定召见她。农民的女儿奉命去见国王。国王想看看她到底有多聪明，就出个谜语给她猜："你上我这儿来既不穿衣，也不光身子，既不骑马，也不走路，既不走在路上，也不走在路外。"并说如果她能办到，国王就会娶她为妻。

于是农民的女儿就回去了。她脱光了衣服，这样她就没穿衣服啦，然后她拿来一张大渔网，钻进渔网，并一圈一圈地用网裹满全身，这样她就不是光着身子啦；然后她租来一头驴，并把渔网拴在驴尾上，这样驴就驮着她走，所以她既不骑马也不走路啦；而且，驴只能沿着车辙驮她，使她只能用大脚趾头点地，这样就既不在路上，也不在路外啦。

当她这样来到国王面前时，国王说她猜中了他的谜语，完全符合要求。信守诺言的国王当即下令释放她的父亲，娶她做自己的妻子，并把王室的全部财产交给她掌管。

有一天，国王到宫外检阅军队，出发前发生了这样一件事：

有个农民的马产了匹小马驹，小马驹下地后跑了，并卧在了另一辆车的两头牛中间。牛的主人想把小马驹留下，就说是他的牛生下了这小东西，而马的主人说是他的马生下了小马驹，所以小马驹是他的。

于是，两个农民为争小马驹吵了起来。

争吵被报到了国王面前。国王一听，没有多想就判决说："现在小马驹在哪里就该留在哪里。"

这样牛的主人就得到了不属于他的小马驹，高兴地跳了起来。马的主人为这样的判决感到很不公平，但是面对威严的国王，自己什么也不敢说，只能自认倒霉。但是马的主人还是感到非常的冤枉。后来，他听说王后出身贫苦而且非常仁慈，就去请求她帮忙，希望要回自己的小马驹。王后说："如果你能保证不讲出是我的主意，我就告诉你怎么做。"农民一口答应，王后接着说："明天一早，国王去检阅卫兵时，你站在他必须经过的路中间，拿一张大网装作打鱼的样子，一边拉网一边还要往外倒，好像网里真的装满了鱼。"然后她告诉农民如果国王问他，他该说些什么。

第二天，农民果然站在那里，在大路上打鱼。国王经过时看见了，就派他的传令兵去问这傻子在干什么。农民回答说："打鱼呗。"传令兵问："水都没有，怎么打鱼？"农民回答说："太好打了，就像牛能生小马驹一样，我在干地上也能打鱼。"传令兵跑回去照实向国王报告了傻子的回答。

国王下令把农民带到他跟前，并对农民说，这样的主意他肯定想不出来，国王想知道这是谁的主意。农民说，是他自己想出来的。国王不信，就派人对他进行长时间的拷打、威逼，最后他只好招认，这是王后的主意。

国王回到家中，对妻子严厉地说："你为什么对我不忠？我不要你做我的妻子了。你的好日子已经到头了，从哪里来回哪里去吧。"不过，他允许王后带走一样她认为最心爱、最珍贵的东西。

　　王后说："好吧，亲爱的丈夫，既然您这样命令，我照办就是了。"

　　然后，她叫人送来烈性的安眠酒，与国王饮酒告别。国王喝了一大口，而她却只喝了一点点。不久国王就睡熟了，她叫侍从拿来一块白净漂亮的麻布，把国王包在里面。接着，侍从们奉命把国王抬到停在门前的车上。年轻的王后驾着马车把国王运回了自己的小屋。

　　国王整整睡了一天一夜。醒来时，环顾四周，他不知道自己究竟睡在哪里。国王大声喊侍从，可一个也不在，正感到奇

怪的时候，他看见妻子走到床前。

王后看着国王，温柔地说："亲爱的国王，我已经听从了您的安排离开皇宫了。可是，是您告诉我可以从宫中拿走一样我认为是最心爱和最珍贵的东西，我觉得没有任何东西比您更可亲、更珍贵了，所以很抱歉，我把您带了回来。"

聪明的农家女不但用自己的智慧把国王留在了自己的身边，更用自己的真心打动了国王，证明了自己的忠诚。

国王感动得满脸是泪，说："亲爱的妻子，你应该属于我，我也应该属于你。"

然后，国王就把她带回王宫，并与她重新结为夫妻。也许至今，他们还活着呢。

三公主

　　从前，有一个贫穷的王国，里面住着这样三位公主，她们分别是：懒惰的哈丽、慢性子的特丽和爱空想的丽莎。长大后，三位公主先后出嫁了：懒哈丽嫁给了商人，慢特丽嫁给了士兵，空想的丽莎嫁给了农夫。

　　说到哈丽，她的懒惰闻名全村，就算油瓶倒了也不会去扶一下。一天下雨了，丈夫对她说："哈丽，去把衣服收进屋。"

　　哈丽却懒懒地躺在床上一动也不动，有气无力地回答："等天晴了再收衣服吧，就当又洗一次好了，我可懒得去做这些平庸的事情。"懒哈丽的丈夫没有办法，只好自己把衣服收了回来。

还有一次，丈夫要出门，懒哈丽着急地问："你走了，我可怎么办哪？你想饿死高贵的公主吗？"

　　丈夫没有办法，只好做了一个特大号的面饼，给懒妻子当干粮。谁知懒哈丽并不满意，叹着气说："我懒得走路，懒得去厨房拿饼……"

　　最后，丈夫想出了一个好主意。他在面饼中间挖了一个大洞，挂在妻子的脖子上。这样懒哈丽不用下床，就能吃到东西了。

　　说完懒哈丽，咱们再来说说慢特丽。虽然慢特丽一点儿也不懒，但她做什么事情都是慢吞吞的。其实这也不能怪她，谁叫她长得太胖了呢？

　　这天，慢特丽在厨房里烤鸡。鸡快烤熟的时候，她想起来

　　还没有炒菜，于是慢慢地走到外面的菜篮子旁，蹲下来择菜。

　　时间一点一点地过去了，鸡烤糊了，火星落到了柴草上，不一会儿就燃了起来！她的儿子正巧路过厨房，急忙大声叫起来："妈妈，妈妈，你快来呀，咱家的厨房着火了！"

　　慢特丽听见后，慢条斯理地回答："着火了吗？我这就来。"

　　于是，她慢慢地走到井边，慢慢地打了一桶水，慢慢地拎到厨房，慢慢地将水桶举过头顶……等她做完这一切时，哪里还有什么火呀？大火早就熄灭了，整个厨房被烧成了一片漆黑的焦炭。

三位公主中，要数丽莎最漂亮。虽然她不像哈丽那样懒惰，也不像特丽那样迟钝，但她喜欢空想，爱做一些不着边际的美梦。

看到有钱人家的太太们穿着华丽的衣服，她就把自己想象成圣洁的天使，穿着光鲜的衣服来往于天地，让那些人拜倒在自己的美丽之下。然而，丽莎一旦回到现实中，她的美梦立即变成泡沫，消失得无影无踪。

一天晚上，丽莎躺在床上，心事重重，怎么也无法入睡。她碰了碰丈夫，说："假如我能找到一块金币，别人又送我一块，我再去借一块，我一共就有三块金币，那样就可以买一头母牛了。等母牛生出小牛，我们可以卖掉小牛赚到更多的金币，并且享受可口的牛奶。"

丈夫觉得买头母牛确实是一个不错的主意，便对妻子说："我很赞成你的提议，但我们该怎样去弄到那些金币呢？"

丽莎听了丈夫的话，一下子来了精神，却只顾着自己的想法，兴奋地说："等母牛生了小牛，你可不能喝牛奶，咱们要把小牛喂得肥肥的，然后卖一个好价钱。你想一想，一头母牛生两头小牛，两头小牛长大后又可以生四头牛。这样下去，我们能挣多少钱啊。对了，还有无数的牛奶……"

丈夫听着妻子美好的梦想，笑着说："亲爱的，别再做美梦了，要知道我们到现在连一个金币都没有呢。如果你真的想实现你的梦想，就跟着我一起好好儿干活儿吧，只有那样三个金币才来得快些。"

丽莎听了，不再说话了。慢慢地，她憧憬着可口的牛奶睡着了。第二天早上，丽莎还沉浸在美梦中时，丈夫早就扛着锄头上山干活去了。因为丈夫知道，只想不做，什么希望都只能永远是空想，难道不是这样吗？

童话公主

在遥远而美丽的仙境王国，住着一位高贵的女王。女王仁慈宽厚，把自己的孩子一个个派到人间，为人类带去欢乐和幸福。女王的孩子们天真可爱，美丽善良，丝毫不逊于他们仁慈的母亲。

一天，女王的大女儿童话公主从人间回来了。女王发现她正在默默地流泪，就问："亲爱的女儿，你为什么这么伤心呢？如果你遇到不顺心的事情，就告诉我。"

童话公主抹了抹眼角的泪水回答："亲爱的母亲，你知道我是多么愿意为人们讲述我的童话故事，给他们带来欢乐啊。

可是他们不喜欢我，不管我走到哪儿，向我投来的目光都是冷冷的，就连孩子们也嘲笑我，看到我便转身而去。"

女王想了想，笑着对童话公主说："我亲爱的女儿，人们不喜欢你，是因为你的童话故事太少了，而且缺乏新意，就算是我也会听着听着睡着的。如果你想让大家都喜欢听你的童话，你就应该学习更多的知识，并且把它们讲得更加精彩才行。"

童话公主听后，停止了哭泣，脸蛋一下子就红了："母亲，我现在终于明白了，如果我编织了更美的童话，人们一定会用笑脸迎接我的。"

从此，童话公主开始在仙境王国周游，她把一路上有趣的所见所闻编成一个个童话，牢记在心里，并在童话仙女那里努力学习各种讲述技巧。回家后，她还

对着镜子练习自己的表情。

渐渐地，童话公主的童话讲得越来越好，越来越动听。老奶奶听了她的童话，乐得合不拢嘴；老虎听了她的童话，竟和小动物们成了好朋友；就连太阳和月亮听了她的童话，也不忍离去。

三年过去了，童话公主学会了仙境王国所有的童话。女王得知后，高兴极了。为了帮助童话公主把童话讲得更加精彩，她还特意送给童话公主一根有趣的魔法棒。

第二天，童话公主再一次踏上了去人间的路途。

当她来到通往人间的城门前时，一个卫兵用沉闷、粗鲁的声音叫住了她，很不友善地扯着嗓门大喊着："卫兵们快来啊，那个讲故事像唱催

眠曲的童话公主又来了！"

"求求你们，让我到人间去吧。我有好多好多有趣的童话要对人们讲呢！我发誓我讲的童话不再是催眠曲了。"童话公主央求着。

"哦，是真的吗？那你让我们先听听，这回你又要讲什么。"童话公主听见卫兵嘲弄的语气，并没有生气，而是拿出魔法棒，在空中画了一连串奇怪的符号。

顿时，卫兵们的眼前出现了一幅幅优美的图像：骑着骏马的军队，打扮漂亮的骑士，沙漠上的帐篷，掠过惊涛骇浪的飞鸟和船只，寂静的森林，喧闹的广场，熙熙攘攘的大街，充满刀光剑影的战斗，凶猛的怪兽……

所有的图像全都生龙活虎，五彩斑斓，一一从卫兵们的眼前飘过。卫兵们看得瞠目结舌，连连叫好。

没过多久，他们都被这美丽的图像倾倒了，躺在地上带着笑意睡了过去。

　　就在童话公主正想重新变换图像时，一位王子向她走来，握着她的手，说："美丽的童话公主，看来你真的能为我们讲童话了。我相信，你精彩的童话一定会给人们带来快乐的。"他一边说，一边为童话公主打开了城门。

　　童话公主穿过大街，来到了孩子们中间，开始讲述自己的童话，孩子们听得如醉如痴。哭泣的孩子忘记了苦恼，懦弱的孩子变得坚强……孩子们笑了，童话公主也笑了，她成了孩子们的好伙伴、人类的好朋友。

提提娜公主

从前有一个名叫菲利的王子，深深地爱着一个小国的公主提提娜。一年后，王子的父王突然病重，王子不得不暂时与公主分离一段时间，专心照料生命垂危的父王。临走前，他给公主戴上了一枚订婚戒指，并对她许下诺言："我一定会回来娶你的，好好儿地在这里等着我。"

可是，王子的父王临死前要他向一位大国的公主求婚。国王去世以后，王子继承了王位，他不得不遵照父王的遗嘱，向那位公主求了婚。

提提娜公主得知后伤心极了，但她不愿做一个脆弱的女孩，决定用智慧让心爱的人重新回到自己的身边。她告诉疼爱她的父王，说想要十二位会打猎的姑娘。国王答应了，通过一番苦苦地寻觅，终于找到了这十二位姑娘。她们不仅会打猎，而且还非常漂亮。

提提娜公主知道菲利国王喜欢打猎，便和这十二位姑娘装扮成猎人，来到菲利国王的宫殿前，问菲利国王是否需要猎人。菲利国王见他们一个个技艺非凡，于是全都接纳了。

在菲利国王与大国公主见面的第一天，大国公主向菲利国王进献了一头能识破所有假象的神狮。

当神狮看到菲利国王身边的猎人时，便偷偷回到大国公主的房间，神秘地说："菲利国王并不喜欢你，他真正喜欢的是一位假扮成猎人的公主。"大国公主听后，非常生气，决定让神狮将这一秘密告诉国王，好让国王以欺君的罪名除掉公主。

当夜，神狮就回到菲利国王身边，惊异地说："不好了，陛下，你雇用的这十三位猎人其实是一群美丽的姑娘，显然她们欺骗了你，应该惩罚她们才是。"

菲利国王听后，怎么也不信十三位英俊的猎人竟是女孩，最后神狮有了主意，它告诉菲利国王说："只要在厅里撒一些豌豆，让她们踩上去就可以识别她们的性别。"

第二天，菲利国王将十三位猎人叫到身前，让她们踩地上的豌豆。十三位猎人听后，笑着点了点头。因为前一天晚上，一位好心的仆人已经把神狮与菲利国王的谈话告诉了她们。她们有备而来，所以一点儿也不担心。

当十三位猎人踏在豌豆上时，豌豆一颗都没有乱滚。她们没有露出一点儿破绽，以出色的平衡能力证明，她们都是男的。站在一旁的神狮看到后，既纳闷又不甘心。

晚上，神狮又对国王说："在前厅里放一些纺车，也可以识别她们的性别。"可是，仆人又将这一计划告诉了十三位猎人。猎人们走过前厅时，根本没去看纺车，因为纺车可不是男人感兴趣的。

从此，国王不再相信神狮的话，将它赶出了王宫，更加喜欢这些猎人了。

在一次打猎途中，提提娜公主从忧郁的菲利国王口中得知了菲利国王即将与大国公主成婚的消息。

由于过分焦虑，她一下子就晕倒了。菲利国王不知道心爱的猎人出了什么事，赶快上前扶她起来。结果，竟把提提娜公主的戒指拉掉了。

这时，菲利国王看到了自己送给提提娜公主的订婚戒指，终于认出了眼前的这个猎人就是与自己相爱多年的提提娜公主。当菲利国王得知提提娜公主为自己所做的一切时，感动得热泪盈眶。

提提娜公主睁开眼睛，伤心地说："我如果不能和你永远地在一起，我宁愿不再醒来。"

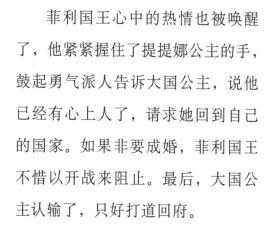

菲利国王心中的热情也被唤醒了，他紧紧握住了提提娜公主的手，鼓起勇气派人告诉大国公主，说他已经有心上人了，请求她回到自己的国家。如果非要成婚，菲利国王不惜以开战来阻止。最后，大国公主认输了，只好打道回府。

三天后，提提娜公主与菲利国王举行了隆重的婚礼。从此，两人过上了幸福美满的生活。

贫穷又富有的姑娘

从前有个女孩，在她很小的时候，父母就相继去世了。她的教母收养了她。这位好心肠的妇人靠做针线活儿、纺纱和织布来维持生活。她不但教女孩做活儿，还把她培养成了一个既孝顺又虔诚的人。

女孩十五岁那年，她的教母突然病倒了。她把女孩叫到床边，对她说："亲爱的孩子，我感觉我就要离开这个世界了。我把这间小屋留给你，可以给你挡风遮雨。我把我用过的纺锤、梭子和针也留给你，你可以凭它们来糊口。"说着，她把手放在女孩的头上为她祝福："心地纯洁、诚实，幸福就会降临到你头上的。"说完便合上了眼。在去墓地的路上，可怜的女孩一路放声大哭。

教母去世以后，女孩独自一人生活着，她跟教母一样靠做针线活儿、纺纱和织布养活自己。教母的祝福给她带来了好运：她的亚麻老是用不完，而且她每织完一块布，或缝好一件衬衫，马上就会来个出好价的买主。这样一来，她不但没有受穷，而且还能分给穷人一些东西。几年过去了，好运的女孩长成了漂亮的大姑娘。

这个时候，一个王子正周游全国，寻找理想中的王后。国王不允许他选择穷人家的姑娘，而他自己又偏偏不喜欢富家小姐。于是，他决定物色一位最贫穷同时又最富有的姑娘。

一天，王子来到女孩居住的村庄，在村子里打听哪个姑娘最贫穷同时又最富有。村民们不知道哪里有这样的姑娘，只跟王子介绍说："我们这里只有最贫穷的姑娘，她就是独自住在村头小屋里的那个女孩。"王子来到最贫穷的姑

娘的屋前，在窗前停下脚步，透过窗子注视着屋里。

阳光射进小屋，屋里一片明亮，姑娘正坐在纺车前纺纱，手脚灵巧，动作娴熟。姑娘暗暗注意到，王子正在看着她，她羞得满脸通红，于是急忙垂下目光，继续纺纱。她纺啊纺啊，直到王子离开了才停下来。王子刚一离开，她急忙跑到窗前，透过窗口，她两眼紧紧地盯着王子的背影，心里有种说不出的高兴。这时，她忽然想起教母经常哼唱的一首歌，不由自主地唱了起来："小纺锤啊，快点跑呀，千万别住脚，把我的心上人带回来啊，一定要做到！"

怎么回事？话音刚落，纺锤突然从她手中滑落，飞也似的跑出门去。她目不转睛地看着纺锤奔跑，惊得目瞪口呆。只见纺锤蹦蹦跳跳地跑过田野，身后拖着闪闪发光的金线。不一会

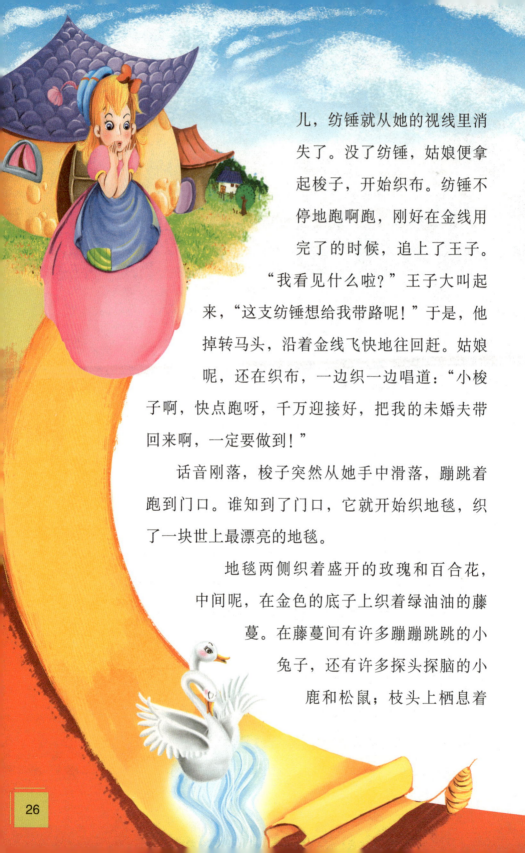

儿，纺锤就从她的视线里消失了。没了纺锤，姑娘便拿起梭子，开始织布。纺锤不停地跑啊跑，刚好在金线用完了的时候，追上了王子。

"我看见什么啦？"王子大叫起来，"这支纺锤想给我带路呢！"于是，他掉转马头，沿着金线飞快地往回赶。姑娘呢，还在织布，一边织一边唱道："小梭子啊，快点跑呀，千万迎接好，把我的未婚夫带回来啊，一定要做到！"

话音刚落，梭子突然从她手中滑落，蹦跳着跑到门口。谁知到了门口，它就开始织地毯，织了一块世上最漂亮的地毯。

地毯两侧织着盛开的玫瑰和百合花，中间呢，在金色的底子上织着绿油油的藤蔓。在藤蔓间有许多蹦蹦跳跳的小兔子，还有许多探头探脑的小鹿和松鼠；枝头上栖息着

五颜六色的小鸟，虽然小鸟
不能歌唱，却栩栩如生。梭
子不停地跑过来跳过去，地
毯很快就织好了。

梭子不在手边，姑娘便
拿起针来，一边缝一边唱道：
"小针儿啊，快来瞧呀，他马
上就要到了，把我的小屋子
整理好啊，一定要做到！"

话音刚落，针突然从她手指间滑落，在小屋里奔来跑去，
动作快得和闪电一样。转眼之间，桌子和长凳罩上了绿色的织
锦，椅子罩上了天鹅绒，墙上挂满了丝绸装饰品。

小针儿刚刚整理完小屋，姑娘就透过窗子看见了王子帽子
上的羽毛，王子沿着金线回到了这里。他踏过地毯，走进小屋，
只见姑娘衣着简朴，站在眨眼之间变得富丽堂皇的小屋中，显
得格外刺眼。

"你就是最贫穷也是最富有的姑娘，"王子大声对她说道，
"跟我来，做我的王后吧。"姑娘默不作答，而是将手伸给了王
子。王子带着她离开了小村庄，回到了王宫。在那里，他们举
行了盛大的婚宴。那么，纺锤、梭子和针呢？它们啊，也进了
王宫，被珍藏在王宫的宝库里了。

苹果公主

　　一位公主被老巫婆施了魔法，困在一个大苹果里。许多年过去了，没有人能救出她。一天，一位王子来到了苹果林，无精打采地蹲在苹果树下。苹果里的公主问："你怎么了？"

　　王子回答："我迷路了。"

　　苹果里的公主说："我可以帮助你回家，只要你答应娶我。"王子犹豫了，他怎么能娶一个苹果呢？但是他一心想回家，便答应了苹果公主看似荒唐的要求。

　　于是，王子将苹果放在自己的包裹里。苹果里的公主开始

指路，一直到王子看见了自己的宫殿。

王子将事情的经过告诉了父亲，老国王要求儿子遵守诺言。王子只好答应了。

苹果对王子说："亲爱的王子，其实我是一位公主，被老巫婆施了魔法，困在了这个苹果里。假如你愿意翻过玻璃山，杀死守候在巫婆水井边的妖怪，魔法就能解除了。"王子知道公主的遭遇以后，非常同情她，便答应了她的要求。

王子历经千辛万苦，终于翻过玻璃山，杀死了水井边的妖怪。王子回家以后，惊喜地发现，那个会说话的苹果不见了，眼前是一个美丽的女孩。

王子与公主举行了婚礼，全国百姓整整庆祝了三天三夜。后来，公主得知自己的父王年岁大了，一个人孤零零地生活着，于是便把他接来一起居住。从此，一家人生活得更加幸福了。

玩具公主

一千多年前，在地球上有一个与众不同的国家。在那个国家里，人们相互间几乎不交谈，除了"正是""没错""谢谢你""劳驾您"之类的词，从来不说自己爱什么恨什么，或自己的感受是什么，放声大笑或是低声哭泣更是被人看做不可理喻的事情。

国王娶了邻国的一位公主，她美丽又贤慧。在她的国家里，人们爱说爱笑，不管有什么感受都可以马上流露出来。可这里的人们是那么呆板，那么沉默，每天看到的都是一种表情。时间久了，王后开始思念她的故乡，身体也慢慢地消瘦下去。

　　一年后，王后生下了一个小公主。可是不久，王后便在沉闷的生活中死去了。临死前，她把心中的痛苦告诉了仙女泰伯莱特，并对仙女说，她不希望自己的女儿一辈子过这样的生活。

　　小公主起名厄休拉，她生性爱哭爱闹，感到冷或饿就哭，一开心就欢唱，什么也阻止不住她。侍女们总是用冷冰冰的却很有礼貌的口气对她说，她这样做是淘气。慢慢地，她懂得了她们的意思，变得不哭不闹不唱也不笑了。可那双大大的快活的蓝眼睛随着年龄的增长，变得越来越不明亮了，胖胖的小脸也越来越消瘦，越来越苍白。

　　有一天，仙女泰伯莱特隐了身，飞到国王的宫殿，去探望小公主。她看见厄休拉公主的房间里没有一件玩具或布娃娃，她不会游戏也没有伙伴。她除了做功课就只有长时间地坐在窗前，仰望蓝天上鸟儿的飞翔，偶尔趁人不注意，吐出一声轻轻的叹息。

　　看到这种情景，泰伯莱特禁不住皱眉摇头。末了，她决定去光顾仙境里最大的一家店铺。那是一家出售各种各样符咒和魔器的铺子。在那里，泰伯莱特订做了一个跟厄休拉一模一样

的玩具公主。

　　夜幕降临，孤独的小公主悄悄地爬到窗前，凝望着夜空，大大的蓝眼睛里不由得涌出了眼泪。

　　"你愿意跟我走吗？"这时一个声音在她耳边响起。她抬起头来，看见一位身穿红披风的滑稽的老妇人，站在她身旁。她并不害怕，因为老妇人面带慈祥的微笑。

　　"您要带我去哪儿？"小公主嘬着大拇指，瞪大了眼睛问她。

　　"我要带你去海边，在那儿你可以和小朋友们在沙滩上到处玩，没有人叫你别吵闹。"

　　"我愿意去！"厄休拉马上跳了起来。

　　"来吧。"老妇人说着，轻轻地抱起小公主，用温暖的披风裹着她，然后她们腾空而起，飞出窗子，飞过屋顶，飞过山峰和溪谷，远离王宫朝着大海飞去。熟睡的厄休拉被放在海边的一个渔村里，好心的渔民和他的妻子收留了她。

　　第二天早晨，侍女们照常去叫醒厄休拉公主，她们一点也没想到，睡在床上的是一个玩具公主。她们说："现在是公主起床的时候了。"玩具公主只答了一句"当然"，二话没说，由着侍女们给她穿衣，她们高兴坏了，公主从没像今天这么听话。从此以后，她再也没有淘气，而且几乎不说话。所有的人都说，公主有长进，她成了人人都喜欢的宠儿。

一年又一年过去了，真正的厄休拉公主一直生活在海边，她和渔夫的孩子们一块儿在海滩上玩耍，一块儿上学读书，她过去的生活竟像梦一样淡忘了。她喜欢海边自由畅快的生活，她把渔夫的家当成了自己的家。

厄休拉又高又漂亮，已经长成了一位亭亭玉立的年轻女郎，她和渔夫的儿子深深地相爱着。在她长大的同时，王宫里的那个玩具公主也在长大，而且也跟她长得一模一样。不同的是，厄休拉的脸被太阳晒得又黑又红，而玩具公主的脸却是苍白的，只是脸颊有一点点血色。

玩具公主一直被所有的人奉为最美、最优雅的人，虽然她除了"谢谢""当然""没错""劳驾"之外，什么话都没说过。

　　国王已到垂暮之年，决定让位给亲爱的女儿，让她来治理国家。泰伯莱特仙女知道了这个消息，不得不把自己用玩具公主换走厄休拉公主的真相说了出来。国王和大臣们惊讶得面面相觑，显然，他们并不相信这是真的。

　　为了证明这一切，泰伯莱特仙女用仙杖轻轻地敲了一下玩具公主的头，刹那间，头滚落到地上，身子却纹丝不动地站在那儿，显露出的不过是一具空壳。

　　国王伤心极了，他把玩具公主细心地安置在一个柜子里，并且为这个悲惨的事情举行了一次全国性的哀悼。对这个曾经的女儿，他是相当满意的。而真正的厄休拉公主却不得不伤心地与渔夫一家人道别，跟着泰伯莱特仙女回到王宫。

　　厄休拉公主不知道等待她的将是什么。她已经习惯了海边自由自在的生活，王宫里的一切对她来说都成了遥远的过去。她更舍不得热情善良的渔夫一家。但是泰伯莱特仙女告诉她，她是真正的公主，必须回去继承王位。而此时被安置在柜子里的玩具公主什么想法都没有，因为无论把她放在哪儿，她都是一具空壳。

王宫里站满了迎接公主的大臣。国王也盼望着能早点见到真正的女儿。厄休拉公主很久没看到国王了，一见到父亲就立刻跑上前去，伸出双臂，搂住他的脖子，给了他一个响亮的吻。国王吓得几乎晕过去了，满朝的官员全都闭上了眼睛，瑟瑟发抖。

几天过去了，只要厄休拉开口说话，举手投足，王宫里的人就会露出惊愕的神色。所有的贵妇人都不喜欢她，公主不知如何才好，慢慢变得又瘦又白，连话也不敢大声说了。

泰伯莱特仙女把这一切看在眼里，再次找到国王。"我敢断定，准是你们弄得她不快活，当你们有一个木头和皮革做的公主时，你们对她很不错，可现在这位有血有肉的公主站在你们面前，却谁也不关心她。"而国王却告诉泰伯莱特仙女，他决定让大臣们投票，是选择玩具公主还是选择真正的厄休拉公主继承王位。

全国所有的人都来参加了投票，结果张张票都选假公主，没有一票选真公主。泰伯莱特仙女简直不敢相信眼前发生的一切，难道所有的人都真假不分吗？

人们把掉了头的玩具公主修好，一个只会说"谢谢""当然""没错""劳驾"的玩具公主又复活了。玩具公主终于继承了王位，国王和他的臣民们都如愿以偿。

而这一天对真正的厄休拉公主来说更是快乐的一天，因为她又可以回到热闹的渔村，回到自由自在的生活中去了，可以和自己相爱的人幸福地度过一生了。

公主与魔书

从前，在一个很远很远的地方，有一个叫爱丽丝的公主，她美丽极了。她的皮肤像白雪一样洁白无瑕，眼睛像太阳一样热情似火，娇艳的面容就连自命不凡的玫瑰也会低下高贵的头。

然而，狠心的继母因为嫉妒她的美丽，将她囚禁在一座偏僻的阁楼中。为了不让国王知道，继母欺骗国王说爱丽丝外出打猎掉下了悬崖。可怜的爱丽丝每天靠在窗边呆呆地看着远方，再也没了自由。

一天，邻国一位英俊的王子打猎时从阁楼下经过，偶然看见了美丽的爱丽丝。他们一见钟情，深深地爱上了对方。从此

　　以后，王子每天都会来到阁楼下，向爱丽丝诉说爱慕之情。

　　一个女巫看到这一幕后，非常同情两位恋人，于是把一本神奇的魔书送给了爱丽丝。

　　爱丽丝翻开魔书，看到第一页上写着两行醒目的文字："只要你默想对方的模样，把书从头翻到尾，人就会变成金丝鸟；反之，从尾翻到头，金丝鸟就会重新变回人形。"爱丽丝看后，激动万分，一边默想王子的模样，一边翻动魔书。没多久，王子果真变成一只金丝鸟飞到了她的窗前，两人终于聚在了一起。然而好景不长，这个秘密竟被继母知道了。

　　一天夜里，继母趁爱丽丝熟睡时，在窗户上撒满了铁钉。第二天，王子再变成金丝鸟飞来时，不幸被铁钉扎死了。爱丽丝伤心极了，一边哭泣，一边大声呼喊女巫。

　　这时，从远处传来了女巫隐隐约约的声音："你要想救活王子，就得变成金丝鸟，把眼泪滴在王子的伤口上。不过，你将不能再拥有人形，你愿意吗？"

伤心的爱丽丝已经顾不上自己的安危，她毫不犹豫地说："只要能救活王子，让我做什么事情我都愿意！"

说完，爱丽丝快速地翻动魔书，变成了一只金丝鸟。她伤心的眼泪像断了线的珠子一样掉落下来，润湿了王子的身体。没多久，让人意想不到的事情就发生了，王子与爱丽丝竟然都恢复了人形。原来，这一切都是女巫安排的，她的目的只是为了考验一下爱丽丝对爱情是否忠贞不渝。

第二天，王子找到公主的父亲，向国王讲述了王后将爱丽丝囚禁在阁楼里的真相。

国王听后，恍然大悟。他立即派兵救出了阁楼里的公主，并将狠心的王后赶出了王宫。从此以后，再也没人见到过王后。据说，王后也在巫婆手里得到了一本魔书。不过，她并没有变成金丝鸟，而是变成了一根冷冰冰的铁钉。

芭芭拉公主

从前，在一个王国里住着国王和王后，他们有一个女儿，名叫芭芭拉公主。芭芭拉公主是一个勤劳的姑娘，她经常和仆人一起劳动，无论是织布还是绣花都很出色。芭芭拉公主不但心灵手巧，而且十分美丽。但她从来不炫耀自己的美丽。她去教堂做礼拜的时候，总是蒙上一块面纱，以免引起众人围观而亵渎了神灵。

有一次，邻国王子看到公主的身影，心里的爱慕之情油然而生，他实在太想看到这位美丽姑娘的面容了。王子问当地的一位村民："为什么那个女孩子总是蒙着面纱？"村民回答说："那是我们王国的公主，名叫芭芭拉，她是我们王国最美丽、最庄重的女孩，她很少在别人面前炫耀自己的美丽。"

王子对芭芭拉公主着迷起来，决心要认识这位芭芭拉公主，于是派了一位仆人约她晚上到大橡树下见面。

芭芭拉公主如约而来，因为仆人对她说有人非常欣赏她做的衣裳，很想买下来作为收藏品。王子第一眼看见美丽的芭芭拉公主时，就深深地爱上了她。他请求芭芭拉公主嫁给自己，但是芭芭拉公主拒绝了，说："你的王国那么富有，而我只是一个小国的公主，要是你的父王知道了，他一定会很生气的。"但是王子实在太爱她了，长跪地上，不停地倾诉自己的爱意，芭芭拉公主被感动了。

从此，他们每天都在老橡树下约会，相互倾诉爱慕之情，无比幸福甜蜜。芭芭拉公主深深地爱上了王子，答应了王子的求婚。

然而，世界上没有不透风的墙。一天，一个女仆将王子和一个穷国公主的恋情告诉了国王，国王勃然大怒，决定派军队攻打芭芭拉公主的王国。

在一个漆黑的夜晚，国王的军队悄悄地用火点燃了芭芭拉公主居住的王宫，幸运的是大火并没有伤害到芭芭拉公主一家。为了见到深爱的王子，芭芭拉公主换上一套男装，改名翁格吕克，然后到王子所在的王宫当仆人。从此，人们再也

听不见芭芭拉公主这个称呼了，取而代之的是善良的翁格吕克。由于翁格吕克既勤快又聪明，国王非常欣赏她，于是她很快成了国王的贴身仆人，专门照顾国王的生活。

此时的王子以为芭芭拉公主已经死了，心里十分难过。为了继承王位，他必须要有一个妻子。因此，他勉强答应国王娶一个他不爱的公主做他的王后。在迎娶公主的路上，全国的臣民都被邀请了。所有的仆人都跟着国王和王子去了邻国，其中当然也包括可怜的翁格吕克。对于翁格吕克来说，这是一次多么痛苦的旅行啊，尽管她走在最后，但是人们的欢呼声还是深深地刺痛了她。

当迎亲的队伍徐徐来到新娘的宫殿时，她开始唱起了动听的歌谣："我是翁格吕克，很熟悉芭芭拉公主。"王子听到歌声，就问身旁的父亲："是谁的歌声这么动听？"国王骄傲地说："还能有谁，当然是我的贴身仆人翁格吕克。"这时候，翁格吕克又将歌谣唱了一遍，王子终于听出了她的声音，找到了他的芭芭拉公主。

王子对邻国的国王说："有一次我不小心把橱柜的钥匙弄丢了，于是我准备配一把新钥匙，可是这个时候，我又找到了旧钥匙，您说我应该用哪一把呢？"

"当然用旧的那把了。"邻国的国王说道。听到这样的回答，王子把芭芭拉公主拉到所有人面前，说："这就是我的'旧钥匙'，我要和她永远在一起。"

最终，王子的父亲和邻国的国王都屈服了。因为他们无法阻止两个深深相爱的人在一起。

园丁和主人

在偏僻的郊外，有一幢古老的房子，里面住着一个名叫拉尔森的园丁。他辛勤地劳作，帮主人照顾着这里的温室、花园、菜园和果园。

有一年夏天，贵族像往常一样带着家人来这里避暑。他尝了园丁种的苹果和梨子，不禁摇了摇头，因为他觉得这些水果都不如朋友家的好吃。因此，贵族叫来园丁，毫不客气地对园丁说："拉尔森，你种的水果怎么一年不如一年了呢？它们吃起来是那么干涩无味。"

园丁听了，心里委屈极了，因为他已经很尽力了，这一点贵族是知道的。然而，贵族才不管这些呢。他接着说："前些天，我去参加一个朋友的宴会，他给我们吃的苹果和梨子十分香甜，在场的所有嘉宾都赞赏有加。据说，他是从一家最好的水果店里买来的，你去打听一下，那些水果都出自哪儿，然后想办法弄些枝条回来栽种。要知道，你的这些水果拿去招待客人是绝对不行的。"

第二天，园丁一打听，才知道贵族所说的那家水果店正是自己的好友开的。当他问起那些苹果和梨子的产地时，好友大笑着说："它们就出自你的果园啊！难道你忘了吗，你不是经常把你家主人吃不完的水果给我卖吗？"

园丁听了，恍然大悟，赶紧把这一消息告诉了贵族。可贵族不信，非要园丁开具一张水果商的证明才行。当园丁拿着证明回来时，贵族惊呼道："这简直难以置信。"

三天后，贵族又在一次宫廷宴会上吃到了一种特别甜的西瓜。他回来后，赶紧把园丁叫来说："拉尔森，你去皇家园林走一趟，弄一些西瓜种回来吧。"

园丁想了想，为难地说："你说的那种西瓜种是我送给皇家园林的。"

贵族很吃惊，又说："那别人的栽种技术一定比你高，不然绝不会种出那么甜的西瓜来。"

谁知园丁听了，十分激动地说："主人，你说的是真的吗？要知道，皇家园丁种的瓜并不好，他无奈之下，让我给宫廷里送了三个西瓜。"

贵族听了，说："那你要开一张证明回来。"

于是，园丁又将皇家园丁写的证明书拿回来了。贵族看了，喜出望外，把字据拿给家人传看。之后，他回过头对园丁说："拉尔森，你真是好样的，但你不要太骄傲哦。"园丁听着，心里想着要做全国最好的园丁。

　　有了拉尔森这样神奇的园丁，贵族的脸上容光焕发，他盛情地邀请公主来避暑山庄共进晚餐。

　　饭后，园丁在贵族的安排下，端出一个精致的水晶杯，杯里盛着一朵蓝色的印度莲花。公主见了，心旷神怡，不禁赞美道："哇，多么漂亮的印度莲花呀！"

　　贵族一听，忙在一旁添油加醋地赞赏，并把这朵印度莲花献给了公主。

　　等公主走后，贵族径直走进花园，去找印度莲花，以便自己今后送给更多的达官贵人。然而，贵族在花园里找寻了半天，一无所获。他不解地问园丁："你的印度莲花呢？"

　　园丁笑着说："它长在菜园，只不过是一种非常普通的朝鲜蓟罢了。"

　　贵族听了，摇着头说："拉尔森，你真是太不像话了，你怎么能把一朵普通的朝鲜蓟送给公主呢？要是公主知道了，那还得了。"说完，贵族赶紧来到宫廷，向公主郑重地道歉。

然而，公主并没有责怪他，反而称赞园丁手艺高超，竟能让一朵普通的朝鲜蓟绽放出如此动人的美丽。不仅如此，公主还要园丁多准备一些，她要给每一个房间都放一朵。贵族听了转忧为喜，回去将园丁好好儿地赞赏了一番。秋天的一个夜里，一场突如其来的大风将花园里的两棵大树连根拔起。

主人为此痛惜不已，而园丁暗自庆幸，因为这样一来，花园可以重新设计，栽种更多有趣的品种。于是，园丁从田野和森林里移来了许多鲜花和灌木，将整个庄园装点得犹如仙境。

贵族的避暑山庄名气不胫而走，吸引了众多的显贵前来参观。贵族在高兴之余，对众人说道："这全是神奇的拉尔森的功劳。"

癞蛤蟆

在一座深不见底的水井里，住着一群癞蛤蟆。虽然它们数量众多，但并不是这口井的主人。真正的主人是那几只会"呱呱呱"唱歌的青蛙。于是，青蛙就把这些外来户称为"井客"。当青蛙们谈起癞蛤蟆妈妈时，它们都会嗤之以鼻地说："它又老又丑，浑身还长满了疙瘩，人见人烦。"说完，它们还不忘加上一句，"它的孩子们和它一个样。"

谁知有一次，癞蛤蟆妈妈听见了，却镇定自若地说："或许情况没你们想象的那么糟糕，要知道在我的这些孩子当中，每一个头上都有一颗耀眼的宝石。"

青蛙们听了，惊呼道："这是真的吗？"小癞蛤蟆看了看妈妈的眼神，一个个都高傲地仰起头来，再也没有低人一等的感觉了。

等青蛙们羞愧难当地躲起来后，小癞蛤蟆们赶紧把妈妈围住："妈妈，您说的宝石是一种什么东西呢？"

癞蛤蟆妈妈清了清嗓子，说："那是一种非常神奇的宝贝，它既美丽又让人嫉妒，谁拥有了它就会立即高贵起来，就和你们刚才的表现一样。"

然而，其中一只最小的癞蛤蟆不这么看，它撅着嘴说："妈妈，如果我的头上不幸有这么一颗宝石，我会毫不犹豫地将它拔除掉，因为它对我的理想一点儿帮助也没有。拥有美丽的宝石，不如跳出井去看看外面的世界。"

癞蛤蟆妈妈见这个孩子如此愚笨，摇了摇头说："你呀，别再做白日梦了，有时间多留意一下你头上的那个提水桶吧，它要是掉下来，会把你压成肉泥。就算你有幸跳出去了，也会被打水人扔得远远的，甚至有生命危险。"

小癞蛤蟆见妈妈有些生气，只得闷叫了几声，以示同意。其实，在它心里，早就对不见阳光的生活充满了厌倦。

有一天，打水人拉动了井里的提水桶。小癞蛤蟆不顾家人反对，毅然地跳了进去。临走时，它向兄弟姐妹们挥了挥手，说："你们就在这里等我吧，我一回来就给你们讲外面的世界。"

就这样，小癞蛤蟆被打水人提到了地上。打水人看见了小癞蛤蟆，不禁惊叫起来："啊，我的上帝，今天难道是我的倒霉日吗？竟打上来一只丑陋的癞蛤蟆。"

说完，提水人一脚将小癞蛤蟆踢进了茂密的蓖麻丛里。

小癞蛤蟆"哎哟"一声摔在了地上，立即从刚才的美梦中苏醒了过来。不过值得庆幸的是，小癞蛤蟆终于摆脱了黑暗的水井，来到了它梦寐以求的世界。

接着，小癞蛤蟆便在地上漫无目的地爬起来。它来到了一条水沟里，这里到处是鲜艳的花、碧绿的草，还时不时地有蝴蝶飞过。小癞蛤蟆兴奋极了，不停地追啊追，犹如来到了一个世外桃源。

于是，小癞蛤蟆便在水沟里安了家，渴了就喝沟水，饿了就吃蚊虫，生活得非常自在。

然而，八天过后，小癞蛤蟆就感到很难受，因为在它的身边除了花就是草，连一个说话的朋友都没有。于是，它决定离开这里，去找几个和自己一样的同伴。

不久，它来到了一个水池旁，几只青蛙热情地欢迎它，还"呱呱呱"地夸它是蛙界最勇敢的健儿。然而，小癞蛤蟆不以为然，它喝了几口水后，便又上路了，因为在它心中还有更大的理想呢。

晚上，月光皎洁，小癞蛤蟆望着天，开心不已："哇，这个提水桶可真高呀，我得爬上去，到另一个更大的世界里去瞧一瞧。"于是，小癞蛤蟆不停地爬呀爬，从黑夜爬到了天明。

当来到了一块菜园时，它不禁欢呼起来：
"啊，这么大的草，我还是第一次看到呢。"

谁知，白菜上面的毛毛虫听到了，笑着说："真是一个没见过世面的家伙，那不是草，那是一棵大白菜，是我的大白菜。"

"咕咕咕"，这时，一群母鸡发现了毛毛虫，齐刷刷地扑过来，其中一只将毛毛虫啄下来了。

小癞蛤蟆见了，好奇极了，赶紧爬过去。母鸡们见了它，都被它的丑陋给吓跑了。

毛毛虫开心地说："哈哈，我不愧是这菜园最聪明的家伙，瞧我略施小技，就把它们给吓跑了。"

可小癞蛤蟆说："不对，不对，是我用丑陋的外表把它们吓跑的。"

毛毛虫不服气地说："哼，明明是我把它们吓跑的，你怎么这么不要脸呢？不过，

你确实很丑啊。"说完，毛毛虫一伸一缩地爬走了。

过了一会儿，从不远处又传来了鹳鸟妈妈的声音："孩子们，你们快快长大吧。到时候，妈妈带你们去喝甜甜的尼罗河河水。"

小癞蛤蟆听了，自言自语地说："尼罗河？那一定是一条无比宽广的河流，我一定要去看看。"

谁知，话音刚落，鹳鸟爸爸就回来了。它发现了丑陋的小癞蛤蟆，毫不留情地把它叼走了。当小癞蛤蟆快要看到尼罗河的影子时，它被重重地摔在了地上。

虽然这个世界充满了危险和不幸，但小癞蛤蟆一点儿也不觉得后悔。它望着远方的尼罗河，静静地闭上了眼睛。

不久后，小癞蛤蟆就变成了一个小精灵，飘飘扬扬地来到了天国。在那里，它终于实现了自己的理想，它头上的宝石正散发着耀眼的光芒。

铜猪

　　在离城市中央不远的地方立着一只铜猪，它静静地待在那里，嘴里源源不断地吐出甘泉，已经有很多年的历史了。铜猪除了鼻子光洁如新外，其他地方早已腐蚀得不成样子。为什么它的鼻子没被岁月腐蚀掉呢？因为那些孩子和穷人口渴时，总要抓着铜猪的鼻子，将嘴巴凑到猪嘴边喝水的缘故。

　　在一个冬日的下午，一个又饥又渴的穷孩子走到了铜猪的身旁。他将捡来的烂菜叶胡乱地塞进嘴里吃掉，然后仰着头大口大口地喝起了甘甜的泉水。好不容易把肚皮填饱后，已经是傍晚时分了，其他孩子都急急忙忙地往家赶，可穷孩子不敢回家，因为他今天什么也没讨到，回家免不了要被母亲毒打一顿。于是，穷孩子骑到了铜猪的身上，不知不觉地睡着了。夜深人静的时候，铜猪微微地抖了抖身子，竟然活过来了。穷孩子被惊醒了，瞪着大眼睛呆呆地看着铜猪。

铜猪笑着说："好孩子，别乱动，我这就带你去玩一玩。"说着，铜猪驮着穷孩子像风一样奔跑起来。它先围着广场跑了一圈，然后把穷孩子带到了乌菲兹宫，这里到处是精美的艺术作品，要不是铜猪，像他这样的穷孩子根本就不可能看到，只能被守卫挡在门外。最后，铜猪在一幅油画前停下来了。穷孩子仔细一看，上面画着一群即将升入天堂的孩子，他们一个个虽然衣衫褴褛，但表情中充满了喜悦和激动。

穷孩子看得入迷了，被这些孩子的幸福表情深深地吸引住了。这时，不知从哪儿传来了一阵轻微的叹息声。铜猪听见了，赶紧带着穷孩子跑了。折腾了半夜，穷孩子有些累了，便拍了拍铜猪的背，说："谢谢你，可爱的铜猪！是你让我开了眼界，欣赏到了如此美丽的世界。"铜猪听了，乐呵呵地说："我也要谢谢你呀，我之所以能活过来，完全是因为你的天真无邪。不过，有件事我得提醒你，虽然我可以带你去

任何一个地方，但在我奔跑的时候，你千万别从
我背上滑下来哦，不然我会立即死去的。"

　　穷孩子感激地说："你放心，我不会那样的。"说完，铜猪
又开心地奔跑起来，穷孩子伏在铜猪的背上，耳边的寒风呼呼
地叫个不停。也不知道是什么时候，穷孩子不禁打了一个寒战。
穷孩子睁开眼睛，才发现已经是早晨了。他吻了吻铜猪的面颊，
向家里跑去。回到家，母亲拿着棍子冲着他大吼道："你这个
该死的小崽子，怎么现在才回来，告诉我昨天你都讨到什么东
西了？"

　　穷孩子摊开手，颤抖着说："求求你，别生气，我昨天什
么也没讨到。"母亲听了，大发雷霆，用棍子不停地抽打他，
还时不时地踢上几脚。

　　这时，隔壁一家女邻居被吵醒了。她走出来护着穷孩子，

指责说："太不像话了，天底下哪有你这么狠心的母亲，竟让自己的孩子去乞讨。"说着，她便和穷孩子的母亲扭打起来。

穷孩子趁乱逃走了，他径直跑到米开朗琪罗的坟前号啕大哭。然而，谁也不理会他，只有一个老先生停了停脚，冲着他笑了笑。不久，穷孩子连哭的力气都没有了，他不知不觉地在一处角落里睡着了。后来，他被一个人摇醒了，穷孩子睁眼一看，原来是刚才那位老先生。老先生见他可怜，便把他带回了家。原来这是一间手套小作坊，那个默默无闻地做着缝纫活儿的是老先生的太太。她见了穷孩子，赶紧为他端来一些食物，并且给了他一间像样的小屋，供他休息。这天晚上，穷孩子平生第一次睡了一个甜甜的觉。在梦里，铜猪又带着他去了许多地方。

就这样，穷孩子在老先生的家里住下来了，跟着老太太学起了缝纫的技术，并和一只叫"最美的人儿"的小狗成了好朋友。在老先生的楼下住着一个画家，他每天都要去美术馆画画，直到很晚才回家。

有一天，老太太让孩子帮画家搬些颜料去美术馆。到了美术馆，穷孩子被这里的场景惊呆了，他好奇地躲到画家的身后，想看一看画家都是怎么作画的。可画家看到他后说："孩子，你该回家了。"无奈之下，穷孩子只得回家，继续做针线活儿。

　　到了傍晚，穷孩子想念起铜猪来，便跑到铜猪的面前说："我最最亲爱的朋友，今天晚上你能带我一起去玩吗？"说完，他便翻身坐到了铜猪的背上。

　　铜猪正要走时，突然一个东西拉住了穷孩子的衣角。回头一看，原来是"最美的人儿"，于是穷孩子将它揽进怀里。

　　当他们快要出城的时候，两个宪兵把穷孩子拦下了。他们不容分说，一把将小狗抢走了。穷孩子见了，惊慌极了，他哭着乞求宪兵说："好心人，请把小狗还给我吧。要知道，它可是太太的心肝宝贝呀。"

　　然而，宪兵不以为然地说："你这孩子一看就是个贼，这狗肯定是你从哪儿偷来的。如果真像你说的，那就叫你的主人来警察局取吧。"说着，两个宪兵径直走了，他们才不会去关心一个穷孩子的感受呢。

　　穷孩子丢了小狗，伤心地回到家。老太太得知后，立即变了脸："你这个小坏蛋，我的宝贝儿要是有个三长两短，你也别想活了。"说完，老太太抱头大哭起来。

　　画家闻讯而来，一边安慰老太太，一边哄着孩子，还将自己的几幅画送给了穷孩子。穷孩子看着一幅画有铜猪的画，再也不哭了。

　　第二天，老先生从警察局将小狗领回了家，老太太的心情好了不少，可穷孩子怎么也高兴不起来。他呆呆地看着画有铜猪的画出神，不禁有了画画的念头。于是，他拿起铅笔在纸上沙沙沙地画起来。起初，他画得非常潦草，可是慢慢地他竟能勾出像样的铜猪了。

　　有一天，小狗跑进了他的小屋。穷孩子见了，开心极了，忙拿起笔追着小狗要给它画像。可小狗毕竟不是人，它跑来跑去的，就是不肯老老实实地当模特儿。穷孩子心里一急，想出了一个好办法，他用绳子将小狗绑起来。小狗害怕极了，不停地汪汪大叫。

老太太赶来一看，冲着穷孩子一个劲儿地大骂："你这个恶毒的小崽子，竟这样对待我心爱的小狗。你马上给我滚出去！"

这时，画家跑来劝架，无意间发现了穷孩子的画册。同时，他也发现了一个天才。数年后，在一次美术馆的展览上，有两幅画深深地打动了观众。一幅画的是一个小孩为了给小狗画画，正用绳子捆绑它。这幅画天真无邪，童趣十足。另外一幅画则画了一个蓬头垢面的孩子，正倚着一只铜猪睡觉，一束刺眼的光芒照在孩子的脸上，圣洁可爱。然而，在画框的一角，人们发现了一块不祥的黑纱。因为这位流浪儿出身的画家在几天前去世了。

穿靴子的猫

　　有一个年轻人，他获得的财产被他的兄弟抢走了，只有一只老猫还跟着他。这只猫不是普通的猫，它穿上小靴子后，竟然能站起来像人一样说话和走路。穿靴子的猫决定让自己的主人变得富有。它用布袋子捉了一对鹧鸪，以修斯侯爵的名义献给了国王。

　　国王高兴极了，笑着说："哦，修斯侯爵对我太忠诚了，真希望马上见到他！"

　　一天下午，国王的马车经过河边，猫一边将年轻人推到河里，一边大声叫喊："救命啊，救命啊，修斯侯爵快要淹死啦！"国王认出了

穿靴子的猫，立即命令士兵救起了水中的年轻人。

国王请年轻人换上华丽的衣服，说："亲爱的修斯侯爵，谢谢你的礼物，今天该我来帮助你了！"

猫说："你们可以一起观看美丽的景色，我到前面去探探路。"国王很愉快地接受了建议，带着年轻人继续前进。

猫跑过一片庄稼地，看见农夫们正在除草。猫对农夫们说："喂，你们一定要对国王说这里属于修斯侯爵，不然你们都会被打肿屁股。"

国王的马车经过田庄，果然问："这是谁的庄稼？"

农夫们异口同声地回答："是修斯侯爵大人的！"

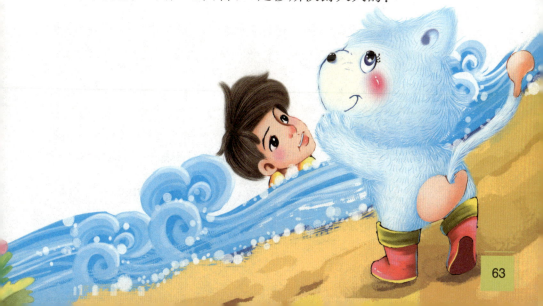

　　猫又跑过一个牧场，对正在挤牛奶的大婶们说："你们一定要对国王说这里全都是属于修斯侯爵，不然你们都会被打烂脸蛋！"

　　国王的马车经过牧场时问："这是谁的奶牛？"

　　女人们回答说："是修斯侯爵大人的！"

　　在猫的精心设计下，一路的土地、牛羊、水果、鲜花通通都属于富有的"修斯侯爵"。

　　国王说："年轻人，你真是太能干了！你比一个王子还要懂得治理自己的领地。"

　　天色渐渐暗下来，猫到一座高大华美的城堡拜访世界上最阔绰的食人怪，说了许多奉承话。食人怪邀请猫和自己喝酒，还变成金毛狮子炫耀，吓得猫窜到了天花板上。

猫说："虽然你很厉害，有人却说你只能变狮子，绝对不能变成灵活的老鼠。"

"胡说！我什么都能变。"食人怪得意忘形，变成一只黑色的老鼠。猫迅速扑上去，将它一口吞进了肚子里。当国王的马车经过，对金碧辉煌的城堡赞不绝口。

猫对国王说："如果你觉得我的主人并不逊色于一个王子，而你娇贵的女儿恰好又很喜欢他，那么，我们不妨举办一个盛大的婚礼，让可爱的公主更加幸福。"国王立即答应了这门亲事。

从此以后，穿靴子的猫不再依靠捉老鼠为生，即使偶尔捉一次，也是让老鼠陪着自己玩玩而已。

报恩的鹤

有个日本男孩叫平野。一年冬天，他在地里发现了一只中箭的仙鹤。平野将鹤带回家，细心地照顾着。等到鹤的伤全部痊愈，平野将它放回了大自然。

第二年的冬天，平野家里来了一个嘴唇红艳、脖子细长、头发乌黑的美丽女孩。女孩说："我叫千雅子，家里一个亲人都没有了，请你收留我！"平野不肯答应，说："我家太穷了，会让你吃苦的！"

千雅子哭着说："要是你很讨厌我，我只好流落荒野了！"平野只好将她请进房间。

　　千雅子说："我希望永远陪伴在你身边！"平野很感动，和她结为了夫妻。

　　千雅子请平野建了一个织布房，说："从现在开始，我要在里面织三天三夜的布，你绝对不可以偷看哦！否则布匹就会坏掉！"

　　一直到了第四天，一脸倦意的千雅子才捧着一匹华美的布走出来，说："这匹布可以卖一千两银子！够你买一块地和一所房子！"平野带着布高高兴兴地出发了。

　　热闹非凡的集市上，大家都在感叹着这美丽的布的时候，一个大臣买下了平野的布，还拿出一千两银子定做第二匹。

　　"没有问题！"平野本来想要千雅子好好儿休息，可看到对方的重金，竟然毫不犹豫地答应了。

　　千雅子满脸惨白，含着泪水说："我不确定这次是否可以

和上次一样织得那么好。我需要七天七夜才能完工！不过你要记住，你绝对不可以偷看！"

六天过去了，平野再也克制不住好奇，靠近了那个神秘的织布房。他用手指捅破了纸门，不禁惊叫起来："我的天哪！"原来，织布房里是一只全身滴淌着鲜血、几乎掉光了羽毛的鹤，正用长长的嘴拔下身上的羽毛在专心地织布。

鹤摇摇晃晃地走出房间，对平野说："对不起，我就是被你搭救的那只鹤，想要报答你的恩德才来找你！既然被你看到了真面目，我就再也不能留在人类的世界了！再见了，好心人。"

说完，鹤便挥动翅膀飞上了天空。

月亮公主

　　从前，有一个国王和一个王后，他们一共生了十个孩子，可这十个孩子全是王子，没有一个公主。对于喜欢公主的国王来说，这是绝不能接受的。

　　一天，国王严肃地对王后说："要是第十一个孩子还是个王子，我就下令杀掉所有的王子；如果是个公主，我就让她继承王位。"说完，国王命木匠做了十一个棺材。

　　王后十分伤心，为了保护自己的亲骨肉，她悄悄地让十个王子逃进了森林里，再也没了消息。后来，王后幸运地生下了一个公主。公主的额头上长着一颗金色的月亮，人们都叫她"月亮公主"。

　　一天，月亮公主在一间仓库里看见了恐怖的棺材，里面还各自放着一颗血红的宝石。月亮公主觉得很好奇，便去问母亲："这些可怕的棺材都是给谁准备的呀？""那些棺材是为你的十个

哥哥准备的。他们现在还躲在森林里……"伤心的王后流着眼泪，把事情的经过原原本本地告诉了月亮公主。月亮公主知道后，安慰母亲："亲爱的母后，你不用伤心，我一定要把哥哥们找回来。"

于是，月亮公主带上那十颗宝石，径直向森林里走去。傍晚，月亮公主来到一间木屋，看到里面有个少年，那正是她最小的哥哥便雅明。便雅明看到月亮公主手中的红宝石，知道她就是自己的小妹妹，就对妹妹说："我叫便雅明，是你最小的哥哥。"月亮公主终于见到了哥哥，高兴得哭了起来。

为了表达情意，月亮公主从花园里摘来十朵百合花送给哥哥。可就在这时，十个哥哥竟变成了十只乌鸦。他们痛苦地哇哇大叫，向远方飞去。

可怜的月亮公主哪里知道，那十朵百合花是被人施过魔法的。一位老婆婆告诉月亮公主："那些百合花是你哥哥们的保护神，他们一旦失去了百合花的保护，就会立即变成乌鸦。"

月亮公主听了，哭着问："难道就没有办法救他们吗？"老婆婆说："要救你的哥哥们，除非你做七年的哑巴。如果你说了一个字，哪怕离七年只有一分钟，你的哥哥们都会因此而死掉。"虽然月亮公主觉得很难做到，但为了救哥哥，她还是决心试一试，从此不再说一句话。

一天，一位国王遇见了美丽的月亮公主。两人一见钟情，彼此深深地爱上了对方。不久，国王把月亮公主带回宫中，举行了隆重的婚礼。然而，新娘从来不说话，也没有笑容。国王的母亲是一个恶毒的女人，她非常讨厌沉默寡言的月亮公主，不停地在国王面前说公主的坏话。国王虽然并不相信这些话，但总听不到公主的辩解。最终，国王被蒙住了，相信了母后的

谗言，宣判了月亮公主的死刑。

　　傍晚时分，王宫的院子里燃起了熊熊的烈火，就在红红的火舌开始吞噬月亮公主的身躯时，七年的时间终于到了。空中传来一阵呼啦呼啦的声音，十只乌鸦飞来了。他们一落地就变成人形，赶紧一起扑灭火焰，拆掉火堆，把自己的妹妹救了出来。此时的月亮公主终于能开口说话了，她把自己从来不说不笑的原因告诉了国王。国王得知真相后，懊悔不已，发誓以后一定要好好地对待月亮公主。

　　月亮公主的父王听说了这段感人的故事后，终于认识到自己犯下的错误。他亲自主持隆重的欢迎仪式，将十个王子重新接回了王宫。

灰姑娘

从前，一个商人的妻子去世后，留下了一个漂亮的女儿。

不久，商人娶了新妻子，她和她的两个女儿都很美丽，但是，她们内心很恶毒。她们脱去了前妻女儿的漂亮衣服，让她穿上又旧又脏的外套，整天在厨房里干活。晚上，可怜的姑娘只能睡在厨房的灰堆里，成了一个难看的灰姑娘。

有一次，父亲要到集市去，灰姑娘请父亲把回家时碰着帽子的第一根树枝折给自己。父亲答应了。灰姑娘把树枝栽在母亲的坟边，每天都要到坟边哭三次，泪水滴落在土里，浇灌着树枝生长。树枝慢慢地长成了一棵高大的榛树，有一只小鸟在树上筑起了巢。

　　灰姑娘与小鸟成了好朋友，小鸟
告诉她，她想要什么，它都会给她带
来。灰姑娘只是细心地照顾着榛树和
小鸟，从来没有提过任何要求。

　　不久，这个国家的国王为了给自己的儿子选择未婚妻，要
举办三天盛大的舞会，邀请全城年轻漂亮的姑娘来参加舞会。
王子将从这些参加舞会的姑娘中，选一个做自己的新娘。

　　灰姑娘的两个姐姐高兴得不得了，赶紧对着镜子打扮起
来。可怜的灰姑娘也想参加舞会，可继母说："哼！你也想去？
看看你的穷酸样，连礼服也没有，你去舞会做什么？想被大家
耻笑吗？"

　　灰姑娘不停地哀求着，于是继母把满满的一盆豌豆倒进灰
堆里，说："如果你能在两小时内把它们都捡出来，我就同意
你去参加舞会。"

　　看着灰堆里的豌豆，灰姑娘没办法，只好跑到榛树下请小

鸟帮忙。不一会儿，很多小鸟飞来了，小鸟们使劲地啄着，把豆子从灰堆里捡了出来。灰姑娘非常感激小鸟，她高兴地端着装满豆子的盘子去找继母。

继母却冷冷地说道："你没有礼服，又没有教养，去了只会给我们丢脸。"说完，她就带着两个打扮得花枝招展的女儿参加舞会去了。孤零零的灰姑娘悲伤地坐在榛树下哭泣。

这时，她的朋友——小鸟从树上飞下来，送给她一套金银制成的礼服和一双漂亮的丝制舞鞋。

穿上礼服和舞鞋后，美丽的灰姑娘在她两个姐姐之后也来到了舞会上。所有人都认为她是一位陌生的公主，都被她的风采迷住了。连那恶毒的母女三人也没有想到她就是灰姑娘，她们以为灰姑娘还待在家里呢。

王子看见灰姑娘，立刻爱上了她。他伸出手挽着她，在舞池中跳起舞来，他们就像两只翩翩起舞的蝴蝶。

每当其他人来请灰姑娘跳舞时，王子总是说："她是我的舞伴。"他们一起跳到很晚，灰姑娘要回家去了。

王子说："请让我送你回去吧。"

灰姑娘点点头答应了，却趁王子不注意时，悄悄地溜出舞池，拔腿向家中跑去。快跑到家时，她看到王子还在后面追，她只好逃进自己家的鸽子房里，把门牢牢地关上。王子等在外面，不肯离去。

这时，灰姑娘的父亲回来了。王子说，他在舞会上遇到了一位不知道姓名的姑娘，她藏进了这间鸽子房。父亲很奇怪，当他们打开鸽子房的门时，里面却空无一人。王子失望地回宫去了。

此时，灰姑娘正身穿邋遢的衣服躺在灰堆边上，她好像从来就没有出去过，昏暗的油灯在她身边一闪一闪。

谁也不知道，灰姑娘刚才穿过鸽子房，来到榛树前，脱下了漂亮的礼服，将它们放回树上，让小鸟把它们带走，自己又马上回到屋里，穿上了她那灰色的外套，躺在了灰堆边上。

　　第二天，继母和她的女儿们走后，灰姑娘又来到榛树下，请小鸟帮忙。

　　这一次，小鸟送来了一套比前一天更加漂亮的礼服。当灰姑娘来到舞会大厅时，那比玫瑰还美丽的容貌再一次让所有的人惊叹不已。一直在等待她的王子立即上前拉住她的手，他们在别人羡慕的眼神中旋转起来。

　　他对每个来邀请她的人说："她在与我跳舞。"

　　到了半夜，灰姑娘要回家时，王子也和前一天一样跟着她。灰姑娘跳进了父亲房子后面的花园里，躲在一棵结满梨子的大梨树上。

　　王子找不到她，只好一直等，又等到她父亲回来，才走上前对他说："那个与我跳舞的不知姓名的姑娘溜走了，我想她肯定是逃到花园里了。"可他们走进花园，

什么也没发现。

父亲想："难道是灰姑娘吗？"父亲赶忙回家看看，灰姑娘穿着她灰色的小外套，正躺在厨房的灰堆边上。

第三天晚上，灰姑娘又来到榛树下请求小鸟帮忙。她善良的朋友小鸟带来了一套更加漂亮的礼服和一双水晶舞鞋。当她赶到舞会现场时，连灯光都黯然失色了，大家被她那无法用语言表达的美丽震撼了。

当午夜来临时，灰姑娘又要回家了。王子依然要求送她，并且暗想："这次我可不能再让她溜掉了。"灰姑娘虽然很舍不得离开王子，但还是设法从他身边溜走了。

由于走得匆忙，她把一只美丽的水晶鞋掉在了楼梯上。

王子将舞鞋拾起来，对国王说："谁能穿上这只水晶鞋，谁就是我的新娘。"

这天，王子来到了灰姑娘家，他让家里的女孩子都来试一下这只鞋。姐姐争着先试穿，可鞋子太瘦了，她的脚趾塞不进去。

于是，她的妈妈拿给她一把快刀，说："没关系，把大脚趾切掉！等你当了王后，根本用不着走路。"大女儿听了，觉得母亲说得不错，忍痛切掉了自己的大脚趾。她勉强穿上了鞋，忍着疼来到王子面前。王子看她穿好了鞋子，就把她当成了新娘，将她扶上了自己的马车。

马车经过后花园灰姑娘栽的那棵榛树时，站在树枝上的一只小鸟唱道："回去吧，王子，这不是你的新娘！"

王子听见后，发现鲜血正从新娘的鞋子里流出来。他知道自己被欺骗了，气得马上掉转马车，把假新娘送回了她的家，然后严厉地说："这不是真新娘，让另一个姑娘来试试这只鞋子吧！"

妹妹也试着把鞋穿在脚上。可她的脚前面进去了，脚后跟却怎么也塞不进去。她妈妈让她削去脚后跟，将鞋子穿上，然后拉着她来到王子面前。王子看她穿好了鞋子，又把她当做新娘扶上马，并肩坐在一起离去了。

当他们经过榛树时，先前那只小鸟仍栖息在枝头，它唱道："回去吧，王子，这不是你的新娘！"王子一看，舞鞋里不断淌出血，连"新娘"的白色长袜都被染成了红色。

于是，他再次来到他们家，对他们的父亲说："这不是真新娘，你还有女儿吗？"

父亲回答说："只有我前妻生的一个女儿，她不可能是新娘。"然而，王子一定要他把灰姑娘带来试一试。灰姑娘彬彬有礼地走到王子面前，穿上了王子递给她的水晶鞋，不大不小正合适。

王子看着灰姑娘的脸，兴奋地说："她就是我真正的新娘！"继母和她的两个女儿大吃一惊，眼睁睁地看着王子和灰姑娘幸福的背影渐渐远去。这时，小鸟欢快地唱道："这才是真正的新娘呢！"

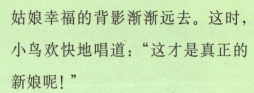

丑小鸭

夏天，鸭妈妈坐在窝里一动不动。在它温暖的身体下面，有许多雪白的鸭蛋。很多天过去了，一群毛茸茸的黄色小鸭出世了。而可爱的小家伙中，还有一个大块头的灰色小鸭，看起来特别扎眼。

一只老鸭看了看，说："我敢打赌，这是一只丑陋的火鸡！"鸭妈妈摇摇头，肯定地说："不，它是我的孩子，它能游泳！"

灰小鸭果然能游泳，游得还挺好。可哥哥姐姐只爱漂亮，一边啄它的羽毛，一边说："丑小鸭，滚开吧！别连累我们被人嘲笑了！"

丑小鸭伤心极了，悄悄地离开了家。一群野鸭子发现了它，七嘴八舌地说："哎呀，你真的是长得太丑了！你为什么不去加入大雁的队伍呢？你们都是大家伙，很像一家人啊！"

丑小鸭点点头去了。可猎人发现了大雁，对着湖面一阵乱射。丑小鸭吓得魂飞魄散，一溜烟儿跑开了。

冬天来了，池塘结冰了。又冷又饿的丑小鸭倒在了冰面上。过路的农夫救了它，带回家送给了妻子。农夫的孩子很开心，跑过来想和丑小鸭玩。丑小鸭以为自己又要被伤害，扑腾着翅膀乱飞起来，结果打翻了牛奶盘子，踢倒了蜂蜜罐子……看到女主人气呼呼地拿起了火钳，丑小鸭拼命逃了出去。

寒冷而漫长的冬季，丑小鸭孤零零地生活着。它没有朋友，也没有家，听到最多的话语就是——哎呀，这个家伙真丑啊！

春天来了，太阳暖洋洋地照耀着大地。一天，丑小鸭正在水里游来游去，突然看见远处有一群美丽的天鹅。它为自己的丑陋而羞愧，叹气说："我要是一只天鹅就好了！"

几个孩子来到湖边玩耍，最小的那个惊叫起来："快看啊！来了一只新天鹅！"孩子们都由衷地赞叹道："它真美啊！"附近的几只天鹅游到丑小鸭身边，伸长脖颈亲吻它。丑小鸭很惊讶，羞答答地低下了头，看到了自己的影子——那是一只美丽的白天鹅！丑小鸭将头埋在翅膀里面，激动得说不出话来，它想："当我还是一只灰色笨拙的丑小鸭时，我做梦也想不到会有今天这样的幸福！"

谁是最幸运的

春天来了，花园里的花儿们竞相开放，其中要数热情似火的玫瑰花最好看。

太阳光见了它们，深情地说："我可爱的孩子们，你们是多么的雍容华贵啊。我亲吻你们，是我赋予了你们生命。"

露珠听了，摇着头说："不对，它们是我的宝贝。如果不是我的甘泉滋润它们，它们早就葬送在你毒辣的光芒之中了。"

篱笆听了，不服气地说："你们都说错了，我才是它们伟大的母亲。要不是我的保护，它们早就葬送在贪婪的人们手中了。"

最后，太阳光、露珠、篱笆沉默了一会儿，它们对着玫瑰花们祝福道："我们美丽的玫瑰花呀，祝你们都有一个幸福的归宿。"然而，玫瑰花们知道，它们中只有一个能成为幸运儿，得到最后的幸福。

有一天，花园里来了一个失魂落魄的母亲，她穿着黑色的丧服。她弯下腰，摘走了一朵含苞待放的玫瑰。回到家，她把玫瑰放在了女儿的身上。虽然女儿的身躯依旧存在于世间，可她的灵魂已去了天国，再也回不来了。

这时，玫瑰花想："我是伟大母爱的使者，我将用自己的美丽带给女孩永久的幸福，因此我是最幸运的玫瑰。"

第二天，又来了一个老婆婆。她摘走了一朵凋零的玫瑰花，并把它保存在了盐卤中。另外还有两朵玫瑰，一朵被画家画在了画册里，另一朵则被诗人写进了诗歌中。它们三个都认为自己才是最幸运的玫瑰。在一簇娇艳的玫瑰丛中，有一朵很不起眼的小玫瑰也开放了。它虽然不是那么好看，但还是倔犟地仰着头，接受着阳光的洗礼。

风儿看到它，心疼地说："我可怜的孩子，愿你有个好的归宿。"说完，它在小玫瑰的脸上亲吻了一下。小玫瑰开心极了，生命力更加顽强了，伸展开了更多美丽的花瓣。不久后，花园来了两个爱抽雪茄的老先生。其中一个冲着光鲜的玫瑰感叹道："世间没有绝对完美的东西，这高贵的玫瑰也不例外。假如我用烟熏熏它们，它们将立即黯然失色，变成难看的颜色。"另一个老先生不信，他们便决定拿一朵玫瑰做试验。

可是，拿谁做试验呢？他们舍不得糟蹋最漂亮的，便选中了那朵最小的玫瑰。谁知小玫瑰非常开心，因为它发现自己终于有了用武之地，是世界上最幸运的玫瑰。但是它在烟雾中失去了昔日的光泽，慢慢地凋谢了。

又过了几天，一朵含苞待放的玫瑰被园丁摘了下来。经过花商的几次转手，它来到了一个青年的手中。青年带着它去剧院看戏，把它抛向舞台。玫瑰花备感幸运，因为它是肩负着青年的爱飞向女演员的。谁知，它刚上舞台就摔在了地上，脖子一下子就折断了，而且花瓣掉了许多，和先前比起来逊色了许多。

演出结束后，道具员发现了这束正在自责的玫瑰。他把玫瑰拾起来，将它送给了慈祥的老祖母。老祖母见了，开心极了，由衷地赞美道："我可爱的孩子，你不去富贵人家，跑到我这个穷老婆子这里来，你真是太伟大了，我喜欢你，是你给我带来了幸福。"

老祖母孩童般的笑容、湿润的双眼，证明了一个事实：这朵不屈不挠的玫瑰才是最幸运的。

好买卖

　　有一个笨农夫，大家都笑话他是个十足的笨蛋。一天，农夫去集市卖牛，卖了七个银币。他回家时经过一个池塘，远远地听见青蛙在叫："呱呱呱。"

　　农夫听了很奇怪，说："我只卖了七个银币，怎么说是八个呢？"他走到池塘边，冲着青蛙喊道："是七个银币，不是八个！"

　　可是，青蛙还是不停地叫着："呱呱呱。"农夫生气地把钱一下子扔进了水里，想等青蛙数完后再还给他。可是，他一直

等到天黑，既没等到青蛙还钱，也没等到青蛙改口。农夫只好气呼呼地回家了。

过了一阵子，农夫宰了一头牛准备去城里卖。刚走到城门口，忽然一只大狼犬领着它的同伴围住农夫，冲着他"汪汪汪"地叫。

农夫说："我知道你们想吃肉，那我就把肉都留在这里，但你们必须在三天内把钱送到我家里。"说着，农夫就把肉卸在地上，转身回家去了。

三天过去了，谁也没送钱来，农夫只好进城找大狼犬的主人——一个屠夫要钱。屠夫生气地拿起扫帚把农夫赶了出去。

农夫跑到王宫去喊冤，国王和公主一起接见了农夫。农夫说："国王陛下，青蛙和狗把我的钱都拿走了，可屠夫不但不认账，还用扫帚打我。"

他把事情从头至尾讲了一遍，逗得公主哈哈大笑。

国王说："这件事情我无法为你做主，不过我可以把我的女儿嫁给你。"

可是农夫说："我已经有妻子了。"

国王一听，非常生气，说："那么三天后我给你五百块银元作为补偿吧。"农夫出来时，卫兵问他："你得到什么奖赏了？"

农夫说："国王补偿我五百块银元。"

卫兵说："你分一点儿给我吧！"

农夫说："那我就给你两百块吧。你三天后去见国王，让他把钱付给你好了。"

站在旁边的一个渔夫听到了他们的对话，对农夫说："我用大银元换你剩下的小钱吧。"

农夫说："好吧，你现在就把钱给我，三天后让国王把钱给你好了。"渔夫给农夫拿来了一些铜钱。农夫满意地走了。

三天后，农夫来到了国王面前。国王说："脱掉他的外衣，给他五百板子。"

农夫不慌不忙地说："我已把其中的两百送给了卫兵，把另外的三百换给了一位渔夫。"

正在这时，卫兵和那位渔夫来了，结果分别挨了一顿板子。

国王对农夫说："你到我的宝库去取一些钱吧，愿意拿多少就拿多少。"农夫毫不客气地把口袋装得满满的，然后走进一家酒店去数钱。

那位渔夫悄悄跟在农夫后面，听见他在嘀咕："这个浑蛋国王！他让我自己把钱装进口袋，我怎么知道会有多少呢。"渔夫赶紧跑去把这话告诉了国王。

国王大发雷霆，派人跟着那位渔夫把农夫抓了回来。农夫说："等一等，我要请裁缝给我做件新外套，我怎么能穿着这身旧衣服去见国王呢？"

这个渔夫怕时间一长，国王的怒火就平息了，便说："我把外套借给你吧。"于是，农夫穿着渔夫的外套去见国王。国王问农夫为什么要说那些坏话。

　　农夫回答说："这个渔夫什么时候说过真话呢？这浑蛋大概还要说我身上的外套是他的呢。"渔夫嚷道："难道那外套不是我的吗？"国王听到这里，说："这个渔夫肯定在说谎。"于是命侍卫又赏给了渔夫一顿板子。

　　就这样，农夫穿着漂亮的外套，口袋里装着鼓鼓的钱，高兴地回家了。他一边往家走一边想："这次的买卖真不错！"

王子的约定

    从前，有一个可怜的女孩，当她还很小的时候就没了妈妈。爸爸很快就给她找了一个继母，继母总是想尽各种办法来折磨她。无论继母让她干什么，女孩都毫无怨言，默默地去做。可是，即使是这样仍然不能打动那个继母的心。

    女孩的善良给她带来了好运——她遇到了一个慈祥的老婆婆。老婆婆总是用一些神奇的方法，帮助女孩完成继母故意刁难她做的各种事情。比如，她让女孩一天之内拔下十二磅重的羽毛，用漏水的小勺把大池塘的水舀干……

    一天早上，继母对女孩说："你得赶在天黑前，在那块平地上给我建好一座城堡。"

女孩惊呆了："我怎么可能完成这样的活儿呢？"正在她犯愁的时候，慈祥的老婆婆来了。她安慰小女孩："躺在树阴下休息吧，我很快就会为你建好城堡的。只要你高兴，你还可以自己住在这里。"

太阳下山时，城堡果然建好了。台阶上铺着红色的地毯，护栏上满是盛开的鲜花。继母来看女孩干得怎么样，她看见这么华丽的房子，惊讶极了。

"我这就搬进去。"

说着，继母推开城堡的门往里走，但她还没走两步远，那扇门就重重地倒了下来。女孩听到一声尖叫，马上赶过去，发现继母已经被压死了。现在，这座美丽的城堡

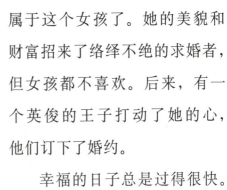

属于这个女孩了。她的美貌和财富招来了络绎不绝的求婚者，但女孩都不喜欢。后来，有一个英俊的王子打动了她的心，他们订下了婚约。

幸福的日子总是过得很快。有一天，王子对女孩说："结婚

之前，我得回家征求父王的同意，请你在这棵菩提树下等我回来，好吗？"

女孩吻了吻他的左脸颊，说："你一定要守信用，决不能让其他人吻你的左脸颊，我会在这儿等你，直到你回来。"

女孩就在树下一直等着，等到太阳下山，王子也没有回来。她在树下连续等了三天，仍然没有看见王子的身影。女孩感到非常失望，她想："他一定是出了什么事，我要去找他，一定要找到他。"她包好三件漂亮的衣服和一些珠宝，开始四处寻找她的王子。可许多年过去了，依然没有结果。渐渐地，女孩绝望了，她将衣服和珠宝收藏了起来，做了一位牧羊女，守着羊群，时刻想念着她心爱的人。

一天，她听说国王的女儿将要举行婚礼，就跑到路边去看热闹。当英俊的新郎经过时，女孩一眼认出了他就是自己日夜思念的心上人。顿时，她心如刀绞。第二天，王子又一次经过这条路。当他走近时，女孩对小羊说："小羊，小羊，快到我的身边来，不要把你的牧羊女忘怀。王子忘了他海誓山盟的新娘，忘了谁在菩提

树下苦苦地等待！"

王子听到这熟悉的声音，勒住马停下来。他久久地盯着女孩的脸，手摸着额头，竭力想记起什么，但他什么也没有想起来。于是，他继续往前走，一会儿就消失了。"唉！"女孩难过极了，"难道他不认得我了？"想到这里，她更伤心了。

不久，宫廷里要举行长达三天的盛宴，所有的人都被邀请去参加。"现在我得抓住最后的机会。"女孩心想。

夜幕降临时，她拿出自己以前的衣服和珠宝，穿上那件缀满星星的衣服，并戴上珠宝，解开包在头上的头巾，让一头秀发披在肩上。女孩终于又展现出了她的美丽。当她进入灯火辉煌的宴会大厅时，人们都惊奇地望着她，但没有人知道这位漂亮的姑娘是谁。王子亲自来迎接她，但也没认出她是谁。他带着她跳舞，被她的美丽倾倒，几乎把新娘遗忘了。宴会结束后，女孩消失在人群中。天亮前，她匆忙赶回了村庄，又穿上了牧羊女的衣服。

第二天晚上，女孩穿上了那件织有银色月亮的衣服，她每走一步，衣服都会闪闪发光。她的发带和腰带上也缀满了珠宝。

当她出现在舞会上时，所有的人都出神地望着她。王子急忙来迎接她，对她充满了爱意，整晚就和她一个人跳舞，对别人看也不看一眼。在离开之前，她答应王子来参加最后一天的舞会。

这天晚上，女孩换上了一件织有金色太阳的衣服，在头上插了两支漂亮的羽毛。王子已经等了她很久了。见她来了，他急忙走到她身边。"告诉我你是谁？"他说，"我感觉自己已经认识你很久了。""难道你不记得你离开我的时候，我都做了些什么吗？"女孩走向王子，吻了吻他的左脸。这时候，中了巫婆魔法的王子突然醒悟了，他认出了真正的新娘。

"我再也不在这里待了。"说着，他牵着女孩的手，把她带上了马车，马车一阵风似的驶向城堡。当他们的马车经过菩提树时，无数萤火虫正围着那棵树飞舞，树枝摇曳着，树上传来了美妙的鸟叫声。

城堡里鲜花盛开，散发出阵阵芳香，所有美好的祝福都向他们涌来。一场隆重的婚礼即将举行……

乌鸦

　　有一位王后，她淘气的女儿总是惹她生气。一次，王后实在受不了了，就生气地说："你变成乌鸦飞走吧，我想安静一会儿。"王后刚一说完，小公主真的变成了乌鸦，飞进了森林。

　　一天，一个年轻人来到森林，听见乌鸦的哭声，就顺着声音找到了它。乌鸦非常伤心地说："我是王后的女儿，我中了魔法，请你救救我。"年轻人点头答应了。

　　乌鸦告诉他："前面有一座小木屋，屋后有一个花园，你就站在那里等我。连续三天，我会在下午两点赶着马车来。头一天拉车的是白马，第二天是棕色马，最后一天是黑马。小屋里的

老妇人会给你吃的喝的，你什么也不要吃，什么也不要喝。不然，你就会睡着，错过救我的时间。"

于是，年轻人来到了乌鸦所说的小木屋里。他刚进去，老妇人便请他吃东西，刚开始他都拒绝了，可老妇人一直在旁边劝他。于是，他只好喝了一杯水。下午快到两点的时候，他走进花园，等待乌鸦。他站在那里，突然觉得很想睡觉，而且越来越困。于是，他躺在草地上想歇一会儿，结果，他一躺下就立刻睡着了。

两点整，乌鸦驾着白马拉的车来了。她进入花园，发现年轻人正躺在草地上睡觉。乌鸦从马车上下来，走到他身边，可是无论怎么摇他、叫他，年轻人都一动不动。

第二天，年轻人禁不住妇人的纠缠，又喝了一杯水。当乌鸦赶着棕色马拉的车来时，发现他又睡着了，怎么叫也叫不醒。第三天，老妇人拿出特别香的食物和酒。年轻人实在忍不住了，又大吃了一顿。结果，当乌鸦乘着一辆黑马拉的车来时，发现他又睡着了。乌鸦很难过，就在他的身边放了一块面包、一块肉和一瓶酒。这些都不是普通的食物，无论怎么吃，它们都不会减少。她又取下一枚刻有自己名字的金戒指，戴在年轻人的手指上。

最后，她还留下了一封信，信上只有一句话："如果你还愿意救我，就请去斯特朗堡的金宫吧。"然后，乌鸦坐上马车独自去了斯特朗堡的金宫。年轻人醒来后，发现自己再一次睡过了头，心里非常后悔。他发现了身边的东西，在读了那封信后，他决定去斯特朗堡的金宫救出乌鸦公主。可是，他不认识路，他在森林里走了很久，怎么也走不出去。

这天晚上，他看见远处有灯光，便向那里走去。结果，他走到了巨人家里。巨人看见他就说："你来得正好，你就当我的晚饭吧。"

　　"别吃我，我有足够的东西让你吃饱。"年轻人赶紧取出了那些永远也吃不完的食物。巨人高兴地吃了起来。

　　年轻人向巨人打听斯特朗堡的金宫。酒足饭饱的巨人说："我得看看地图。"他拿出地图，可是没找着那个地方。"没关系！"他说，"我还有更大的地图。"可是，他们还是没能找到。于是，年轻人准备离开，可巨人留下了他，说自己的哥哥一定知道那个地方。于是，巨人请来了见多识广的哥哥。年轻人又让他哥哥饱餐了一顿。巨人的哥哥取出了一张更大的地图，终于找到了斯特朗堡的金宫。可是，金宫离这里很远。

　　"我应该怎么去呢？"年轻人焦急地问。

　　"让我送你去吧！"巨人说。

　　很快，身高腿长的巨人就把年轻人带到了离斯特朗堡的金

宫很近的地方。

金宫坐落在一座玻璃山上，受了诅咒的公主正赶着她的马车围着金宫转圈。年轻人看见了她，很高兴，想赶紧爬上山，可是，每次他都会从玻璃山上滑下来。最后，他只好在山脚下修了一间小屋住了下来，每天在山下看着公主。这样，一年的时间很快就过去了。

一天，年轻人看见三个强盗在打架，就跑去劝开他们，问他们为什么打架。一个说自己找到了一根棍子，用它可以敲开任何一扇门；一个说他发现了一件斗篷，穿上它可以隐身；一个说他得到了一匹马，骑上它可以走遍天下。他们不知道是应该共享宝贝呢，还是分给每个人。

年轻人说："我用我的宝贝换你们的宝贝吧！"说完，就拿出了永远吃不完的肉和酒，强盗们立刻同意交换。

"但是，我得试试你们的宝贝，看看是否是真的。"年轻人说。强盗们就把年轻人扶上马背，给他披上斗篷，又将棍子递到他手里。转眼间，年轻人已经骑着马到了玻璃山上。他来到金宫的门前，用棍子敲开了门。

年轻人发现公主皱着眉头坐在里面，面前摆着一个盛着酒的金酒杯。公主看不见他，因为他披着隐身斗篷。年轻人来到公主跟前，摘下那枚她送的戒指放进了酒杯。

"这是我的戒指，能够解救我的人终于来了。"公主高兴地大声叫起来。

年轻人扔掉斗篷，将公主搂在怀里。公主吻着他说："你救了我，明天我们就举行婚礼吧！"然后，他们一起骑着马向公主所在的国家奔去。从此以后，年轻人和公主过上了幸福的生活。

莴苣姑娘

　　有一对夫妇，他们十分快乐，因为他们的小宝宝快要出生了。他们家隔壁住着一个可怕的巫婆，巫婆有一个种满了莴苣的菜园，可那儿谁也不敢进去。

　　一天，妻子站在窗口朝外望去，她看见了满园长得水灵灵的莴苣，她多想吃上一口这样的莴苣啊！她的丈夫非常爱她，决定为她冒险弄一点儿来。丈夫偷偷翻过围墙，来到了巫婆的园子里。他刚拔出一株莴苣，就被巫婆发现了。

　　巫婆恶狠狠地说："你好大的胆子，竟敢来偷我的莴苣，你要为你今天所做的事情付出代价，你必须把你的孩子送给我。"丈夫在巫婆的威胁下，只好答应等孩子出生后将孩子送给巫婆。

不久，他的妻子生了一个可爱的女儿。一家人还来不及高兴，巫婆就来了。她把女婴抱走，还给孩子取名叫莴苣。莴苣慢慢长成了一个美丽的女孩，她有一头漂亮的长发。巫婆把莴苣姑娘关进了一座只有一扇窗户的高塔里。巫婆想上去时，就让莴苣姑娘垂下她长长的头发，然后顺着头发爬上去。

一天，一个王子经过高塔，他被高塔里传出的莴苣姑娘的歌声迷住了，于是天天到高塔下听她唱歌。后来，王子发现了巫婆上塔的方法，他决定试一试。他对着高塔喊道："莴苣姑娘，快垂下头发接我上去！"莴苣姑娘一听，马上将头发垂了下来，王子立刻爬了上去。

刚开始，莴苣姑娘非常害怕，后来他们谈得很愉快。王子深深地爱上了莴苣姑娘，他真诚地向莴苣姑娘求婚。莴苣姑娘羞答答地答应了王子的请求。王子说他先回去准备，第二天就来接莴苣姑娘，并带她离开这儿。可是，这一切被可怕的巫婆知道了。巫婆气坏了，她剪掉了莴苣姑娘的长发，并把她赶走，然后自己坐在塔上等着王子到来。

  第二天晚上，王子如约来到塔下，巫婆放下头发把他拉了上来。巫婆对王子说："怎么，你来接你的心上人吗？哈哈，你再也见不到她了，她已经死了。"王子听了巫婆的话，非常伤心。绝望中，王子从塔顶跳了下去，掉入了刺丛中。王子虽然保住了性命，但他明亮的双眼被刺丛扎瞎了。即使如此，王子仍然忘不了心爱的莴苣姑娘。

  瞎了双眼的王子在森林中漫无目的地走着，饿了便吃些草根和莓子，渴了就喝点儿溪水，终日为失去心爱的人伤心落泪。他摸索着，四处寻找莴苣姑娘。王子历经千辛万苦，一天，他来到了莴苣姑娘居住的地方，他们终于重逢了。当莴苣姑娘的眼泪滴落在王子的眼睛里时，王子的眼睛竟奇迹般地复明了。王子带着莴苣姑娘回到自己的王国，举行了盛大的婚礼。

红鞋

你有一双红鞋子吗？小姑娘珈伦就有一双，那是一双华丽的漆皮红鞋。她太喜欢这双发亮的红鞋了。那天，珈伦就穿着这双红鞋去受坚信礼。

所有的人都在望着她的那双脚。当她在教堂里走向那个圣诗歌唱班门口的时候，她感觉那些墓石上的雕像，那些戴着硬领和穿着黑长袍的牧师，以及他们的太太的画像都在盯着她的那双红鞋。牧师把手搁在她的头上，讲着神圣的洗礼、她与上帝的誓约以及当一个基督徒的责任，可珈伦什么也没听进去，心里只想着红鞋。风琴奏出庄严的音乐来，孩子们悦耳的声音唱着圣诗，那个年老的圣诗队长也在唱，但是珈伦还是只想着她的红鞋。

　　她的奶奶听说她穿着红鞋去受坚信礼，十分生气。她告诉珈伦，以后再到教堂去，必须穿着黑鞋子，即使是旧的也没有关系。举行圣餐的日子到了，珈伦还是穿上红鞋去教堂。

　　教堂门口有一个残废的老兵，挂着一根拐杖站着。"这是多么漂亮的舞鞋啊！"老兵说，"你在跳舞的时候穿它最合适！"于是他就用手在鞋底上敲了几下。

　　教堂里所有的人都望着珈伦的这双红鞋，所有的画像也都在望着它们。

　　当珈伦跪在圣餐台面前，嘴里衔着金圣餐杯的时候，她只想着她的红鞋。它们似乎就浮在她面前的圣餐杯里。她忘记了唱圣诗，她忘记了念祷告。

走出教堂时，她又遇到了那个老兵，他看着珈伦的红鞋子说："多么美丽的舞鞋啊！"

珈伦经不起这番赞美，她要跳几个步子。可她刚一开始，一双腿就不停地跳起来。车夫不得不跟在她后面跑，把她抓住，抱进车子里去。不过，她的一双脚仍在跳，一不小心踢到奶奶身上，疼得奶奶受不了。最后，他们不得不脱下她的红鞋子，这样，她的腿才算安静下来。这双鞋子被放在家里的一个橱柜里，但是珈伦忍不住要去看看。

现在奶奶病得很厉害，珈伦只得在家看护和照料奶奶。不过，这时城里有一个盛大的舞会，珈伦也被邀请。

珈伦望了望床上病重的奶奶，又忍不住瞧了瞧那双红鞋，

接着又忍不住穿上了这双红鞋。

这么一来，她就去参加舞会了，而且还开始跳起舞来。

但是当她要向右转的时候，鞋子却向左边跳。当她想要向上走的时候，鞋子却要向下跳，要走下楼梯，一直走到街上，走出城门。她舞着，而且不得不舞，一直舞到黑森林里去了。

这时她就害怕起来，想把这双红鞋扔掉。但是它们扣得很紧，她使劲扯袜子，可鞋子已经生到她脚上去了。

她跳起舞来，而且不得不跳到田野和草原上去，在雨里跳，在太阳底下也跳，在夜里跳，在白天也跳。

她静不下来，也没有办法休息。当她跳到教堂敞着的大门口的时候，她看到一位穿白长袍的天使。

天使的翅膀从肩上一直拖到脚下，她的表情庄严而沉着，手中拿着一把明晃晃的剑。

小姑娘珈伦从来没听谁说过，美丽的天使会手拿利剑，也从来没有见过这么严厉的天使。心里不禁阵阵发紧，她预感到不幸就要降临了。

"你得跳舞呀！"她说，"穿着你的红鞋跳舞，一直跳到你浑身发白和发冷，一直跳到你的身体干缩成为一架骸骨。你要从这家门口跳到那家门口。你要到一些骄傲自大的孩子们住着的地方去敲门，好叫他们听到你，怕你！你要跳舞，不停地跳舞！"

"请饶了我吧！"珈伦叫起来。不过她没有听到天使的回答，因为这双鞋把她带出门，带到田野里去了，带到大路上和小路上去了。她得不停地跳舞。

有一天早晨，她跳过一个很熟悉的门口，里面有唱圣诗的声音，人们抬出一口棺材，上面装饰着花朵。

　　这时，她才知道奶奶已经死了。于是她觉得她已经被大家遗弃，被上帝的天使责罚。

　　在一个漆黑的夜里，她遇到了一个刽子手。她说出了自己的过错，可是刽子手没有砍掉她的头，他把珈伦那双穿着红鞋的脚砍掉，红鞋带着她的小脚跳到田野上，一直跳到黑森林里去了。

　　刽子手为珈伦配了一双木脚和一根拐杖。"我为这双红鞋已经吃了不少的苦头，"她说，"现在我要到教堂里去，好让人们看看我。"

　　但是，当她刚刚走到教堂门口的时候，她又看到那双红鞋在她面前跳舞。这时她害怕起来，马上往回走，同时虔诚地忏悔她的过错。

　　后来，她在牧师的家里当了一个佣人。她每天勤恳地工作，尽她的力量做事。因为只有这样，她心里才会踏实一些，才能不去想那些让她害怕和惭愧的事情。

　　晚上，当牧师在高声朗读《圣经》的时候，她就静静地坐下来听，眼前再也没有出现红舞鞋的影子。

　　一天，牧师一家去教堂了，珈伦独自一人留在家里。她拿起一本圣诗集，用一颗虔诚的心读了起来。

教堂的风琴声向她吹来，珈伦眼睛润湿了，她抬起头，说："上帝啊，请帮助我！"这时温暖的阳光照射进来，穿着白衣服的天使又在她面前出现了。不过，她手中拿的不是那把锐利的剑，而是一根开满了玫瑰花的绿枝。

她把珈伦带进教堂，这里早为她留好了位子。她和牧师的家里人坐在一起。当他们念完了圣诗，抬起头来看她的时候，大家都点点头，说："太好了，珈伦，你也到这儿来了！"

"我得到了宽恕！"她说。

从此，再没有人提起那双会跳舞的红鞋。

玛利亚领养的女孩

从前，有一对夫妇穷得连饭都吃不饱，更是养活不起一个三岁的女儿。一天，圣母玛利亚出现在他们面前。圣母对男主人说："就让我来帮你们抚养小女孩吧。"

就这样，圣母玛利亚把小女孩带到了天国。小女孩每天和小天使们在一起，吃得好，穿得好，玩得高兴，过上了幸福无忧的生活。女孩十四岁时，圣母玛利亚要去长途旅行。临行时，她把打开天国十三道门的钥匙交给了女孩："你用这把钥匙可以打开天国的十二道门，但绝对不能用它去开第十三道门。"女孩牢牢地记住了圣母的话，但心里也埋下了好奇的种子。

圣母出门后，女孩便和小天使们一起，每天打开一道门。门里的景色美极了，到处金光灿灿，女孩几乎被天国的美景陶醉了。很快，十二道门都打开了，只是第十三道门没有打开。女孩记着圣母说的话，但还是忍不住好奇。

"我只从门缝里看一眼总可以吧！"女孩的想法遭到了小天使们的反对。因为她们心里很清楚，打开了第十三道门，女孩就会大祸临头。小天使们一再劝诫。可越是这样，女孩的好奇心越强烈。

终于有一天，她悄悄地用钥匙打开了第十三道门。熊熊的火焰从门缝里窜出来，女孩来不及躲闪，手指被火焰烧得立刻变成了金手指。女孩吓坏了，急忙关上了门。原来圣母说过的话并不假，女孩后悔极了。为了满足自己的好奇心，她付出了惨重的代价。

女孩摸了摸那根不听使唤的金手指，不知再见圣母时该怎么解释。左思右想后，她决定把这件事瞒过去。她学会了说谎。而不诚实是圣母最厌恶的事情。

没多久，圣母回来了。圣母向女孩要回钥匙时，问她是否开过第十三道门，女孩摇摇头，连忙说没有。圣母把手贴在女孩的胸口听了听，皱了皱眉头说："你的心不会说谎，你打开过那道门。"听了圣母的话，女孩还是不肯承认。圣母心里很难过，于是对女孩说："去你该去的地方吧，像你这样的人，不配留在天国。"

随着圣母的话音落下，女孩来到了一片无人的荒野。她想喊人救命，可是喊不出声；她想离开这里，可四周茂密的荆棘把她困住了。一年又一年，女孩过着像野兽一样的生活。直到有一天，到荒野中打猎的国王发现了她。这时的女孩已经长成了一位美丽温柔的姑娘，国王一看就爱上了她。尽管她不能说话，但国王还是把她带回了王宫，并立她做了王后。

一年后，王后生了一个女儿。夜里，圣母玛利亚出现在王后身边，再次劝她说出实话："只要你承认打开过第十三道

门，我就让你开口说话。"王后还
是摇头否认。圣母盛怒之下，抱走
了她刚生下的孩子。

王后看着被抱走的孩子，心里隐隐作痛。可她还是不愿意
承认自己曾经犯过的错误。说出"我打开了第十三道门"这句
实话，对她来说是越来越难了，她那颗包裹着的心也越来越坚
硬了。

第二天，宫里上上下下都传开了："王后是个妖怪，她吃
掉了自己的孩子。"国王特别爱自己的妻子，他不相信会发生
这样的事情。

接下来的两年，王后又先后生了两个孩子。每次，圣母都
会给她一个说出实话的机会，但是她一直不承认自己说过谎
言。于是，这两个孩子也被圣母抱走了。

国王终于相信王后是个妖怪，并下令用火烧死王后。熊熊
大火燃起来了。这时，王后终于为自己的过错而感到痛心疾首。
她突然仰面朝天，冲着天国的方向，大声喊出了："圣母玛利
亚，我错了！"

王后话音刚落，顿时大雨倾盆，火灭了，王后得救了。天空中，圣母披着一身金光，给王后送来了她的三个孩子。

"圣母玛丽亚，我错了，是您救了我，也救了我的孩子。"王后泪流满面，内心还在不停地忏悔自己的罪过，同时，充满了对圣母的感激。

"不是我救了你，是你自己救了自己。"圣母玛利亚的脸上露出了慈祥的微笑，像母亲对孩子一样对王后说："一个人犯了错，并不可怕，只要他诚实，能真心诚意地忏悔自己的罪过，他就会发现自己真的长大了。"

从此，王后再也没有说过谎话，她还教育自己的孩子要做诚实的人。

懒惰的贞子

如果你去过日本，就一定会发现，日本人都喜欢在"榻榻米"上吃饭、喝茶、睡觉，而每个"榻榻米"上都铺着一张十分整洁的席子。那是日本人的传统，他们虔诚地相信，席子底下住着一群很爱清洁的小妖精，谁要把席子弄脏了，这群小妖精就会让他不得安宁。不过，真有惹怒了小妖精的人，贞子就是其中一位。

贞子是北海道一个大户人家的女儿，从小过着衣来伸手、饭来张口的生活。贞子长到十八岁，已经是大姑娘了，连自己的脸和手都不会洗。虽然她家很富，但城里没有一个年轻人喜欢这个懒惰的姑娘。

一天，从东京来了一位武士，他慕名前来拜访贞子的父亲。这位武士虽然家境贫寒，但是他英俊勇敢，贞子见到他的

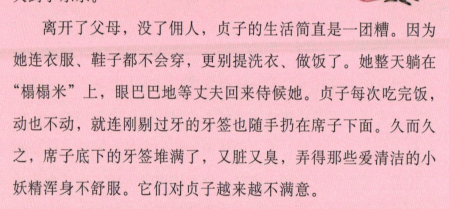

第一眼就喜欢上了他。她把心事告诉了父亲。武士从贞子父亲那里知道了这件事后，出于对贞子父亲的崇敬，就向贞子求婚了。不久，武士和贞子结为夫妻，贞子告别了父母，跟随丈夫到了东京。

离开了父母，没了佣人，贞子的生活简直是一团糟。因为她连衣服、鞋子都不会穿，更别提洗衣、做饭了。她整天躺在"榻榻米"上，眼巴巴地等丈夫回来侍候她。贞子每次吃完饭，动也不动，就连刚剔过牙的牙签也随手扔在席子下面。久而久之，席子底下的牙签堆满了，又脏又臭，弄得那些爱清洁的小妖精浑身不舒服。它们对贞子越来越不满意。

一次，贞子的丈夫出远门了，她独自留在家里。有天晚上，贞子被一阵奇怪的声音吵醒了。一大群食指般大小的士兵，排着整齐的方阵，就在她的枕头边上。他们是从席子底下跑出来的！他们一个个手舞战刀，怒气冲冲地向贞子扑了过去。

"啊！"贞子吓得差点晕过去，她浑身哆嗦着，想爬起来往外逃，可两条脚已经不听使唤了。

士兵们冲过来了，她用厚厚的被子抵挡，手忙脚乱地又扑又打，可这一切都无济于事。小士兵们一批又一批地冲过来，

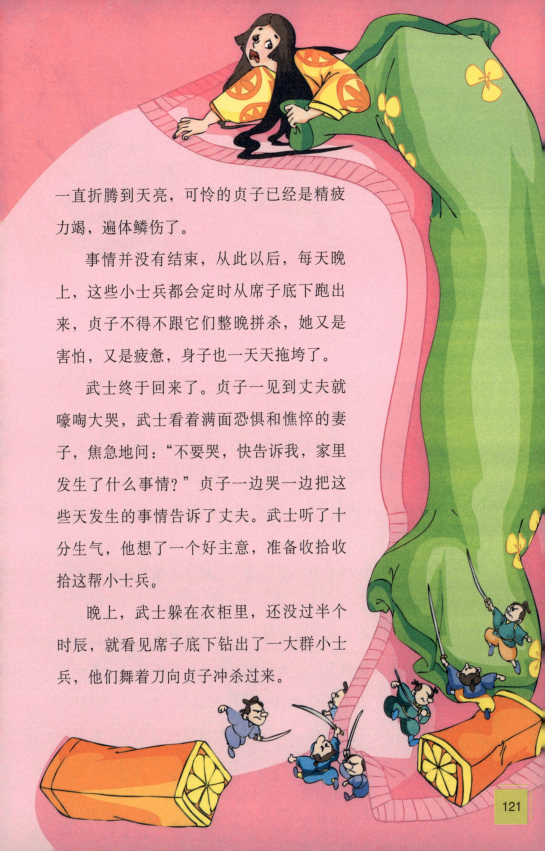

一直折腾到天亮，可怜的贞子已经是精疲力竭，遍体鳞伤了。

事情并没有结束，从此以后，每天晚上，这些小士兵都会定时从席子底下跑出来，贞子不得不跟它们整晚拼杀，她又是害怕，又是疲惫，身子也一天天拖垮了。

武士终于回来了。贞子一见到丈夫就嚎啕大哭，武士看着满面恐惧和憔悴的妻子，焦急地问："不要哭，快告诉我，家里发生了什么事情？"贞子一边哭一边把这些天发生的事情告诉了丈夫。武士听了十分生气，他想了一个好主意，准备收拾收拾这帮小士兵。

晚上，武士躲在衣柜里，还没过半个时辰，就看见席子底下钻出了一大群小士兵，他们舞着刀向贞子冲杀过来。

　　武士大吼一声，跳出衣柜，他威武的样子把小士兵们吓坏了，整齐的方阵也乱作一团，还没等他们跑回席子底下，就露出了原形。武士走上前去一看，原来那些来捣乱的小士兵是一堆肮脏的牙签。

　　"是谁这么懒，把肮脏的牙签扔到了席子底下？"武士生气地说。站在一旁的贞子听了这话，脸马上变得通红，她知道了，都是自己的懒惰惹出来的麻烦。确实如此，为了教训贞子，席子底下的小妖精施了魔法，把牙签变成了小士兵来捉弄贞子。现在，小妖精看见贞子知道自己错了，就满意地回到了席子底下。

　　从此以后，贞子再也没有往席子底下扔过牙签。不但如此，她还变得越来越勤快了，什么都学着做，再也不是一个不会过日子的懒姑娘了。如果你也是一个什么都不愿意做的懒姑娘，那一定要记住贞子的教训，小心被不知道藏在哪儿的小妖精们捉弄哦。

小红帽

从前有个小姑娘，总是戴着奶奶送给她的小红帽，所以大家都叫她"小红帽"。

一天，小红帽去给住在森林里的奶奶送蛋糕。临走前，妈妈叮嘱她不要离开大路，不要听信陌生人的话。

走着走着，小红帽碰见了一只大灰狼。她忘记了妈妈的话，把行程告诉了大灰狼。大灰狼狡猾地说："花多美啊！你给奶奶采一些，她一定会高兴的。"小红帽便摘起了花，渐渐离开了大路。这时，大灰狼一溜烟儿地跑到小红帽的奶奶家，一口吞下奶奶，换上她的衣服，躺在床上等着小红帽来。

过了大半天，小红帽才捧着一大束鲜花来到奶奶家。

"奶奶，奶奶，我是小红帽啊！"小红帽刚一走到奶奶的床边，就被大灰狼一口吞进了肚里。大灰狼挺着圆鼓鼓的肚子又回到床上，睡起了大觉，鼾声比打雷还响。

一位猎人听到了这奇怪的声音。走进屋子一看，呀，是大灰狼！猎人看到它隆起的肚子，心想：说不定老奶奶还在里面呢。于是，他用剪刀剖开狼的肚子，救出了小红帽和奶奶，又搬了几块石头放进狼的肚子里。

过了一会儿，大灰狼醒了，看见背着猎枪的猎人，吓得拔腿就跑，可肚子里装着沉甸甸的大石头，怎么也跑不动，一头栽到地上，摔死了。